华文微经典

中国微型小说学会
世界华文微型小说研究会

主持

希尼尔

——

青鸟架

四川出版集团 ≫ 四川文艺出版社

图书在版编目（ＣＩＰ）数据

青鸟架 ／（新加坡）希尼尔著．－－ 成都 ：四川文艺
出版社，2013.2
（华文微经典）
ISBN 978－7－5411－3656－6

Ⅰ．①青… Ⅱ．①希… Ⅲ．①小小说－小说集－新加
坡－现代 Ⅳ．① I339.45
中国版本图书馆 CIP 数据核字 (2013) 第 031592 号

华文微经典
HUAWEN WEI JINGDIAN
［世界华文微型小说经典］

青鸟架

QINGNIAO JIA

[新加坡] 希尼尔　著

选题策划	时上悦读	
责任编辑	奉学勤	
封面设计	所以设计馆	

出版发行	四川出版集团 ⅏ 四川文艺出版社	
社　　址	四川省成都市槐树街 2 号	
网　　址	www.scwys.com	
电　　话	028-86259285（发行部）　　028-86259303（编辑部）	
传　　真	028-86259306	
读者服务	028-86259293	

印　　刷	北京山华苑印刷有限责任公司
开　　本	650mm×920mm　1/16
印　　张	13
字　　数	120 千
版　　次	2013 年 4 月第一版
印　　次	2014 年 1 月第二次印刷
书　　号	ISBN 978-7-5411-3656-6
定　　价	35.00 元

华文微经典

作者简介

　　希尼尔，新加坡作家协会会长、世界华文微型小说研究会副会长。曾获得新加坡书籍发展理事会颁发的书籍奖(1990—1994) 及新加坡文学奖 (2008)，新加坡新闻与艺术部颁发的国家文化奖 (2008)，泰皇室颁发的东南亚文学奖 (2009) 等。著有诗集《绑架岁月》及《轻信莫疑》，微型小说集《生命里难以承受的重》及《认真面具》等。

前言

　　有人曾说，地不分东西南北，凡有人类生活的地方，就有华人的身影。话虽有玩笑的成分，但当前华人遍布世界各地，却也是不争的事实。扎根世界各地的炎黄子孙，他们的生活状况如何？他们的情感世界怎样？他们的所思所想何在？……要找到这些答案，阅读他们以母语写下的文字无疑是最好的方法之一。诚然，并不是有华人的地方就有华文创作，但在一些主要的国家和地区，华文创作几十上百年来一直薪火相传所结出的果实，显然也是令人瞩目的。遗憾的是，因为多种原因，国内的读者多年来对海外的华文创作了解甚少。尤其对广布世界各地的华文微型小说这一重要且具代表性的文体，更只是偶窥一斑而不见全貌。"华文微经典"丛书的出版，可谓弥补了这一缺憾。

　　海外的华文微型小说创作，主要分为东南亚和美澳日欧两大板块。两大板块中，又以东南亚的创作最为积极活跃，成果也更为突出。东南亚华文微型小说创作兴起于二十世纪八十年代初，各国在时间上又略有先后。最早开始有意识地从事微型小说的创作，并且有意识地对这一新文体进行探索、总结和研究，而且创作数量喜人、作品质量达到了一定艺术高度的，是新加坡和马来西亚；稍后于新加坡和马来西亚的是泰国，再后是菲律宾和文莱，再后是印度尼西亚。在发展过程中，各国的创作曾一度因具体的历史原因而存在较大的差距，但这一状况在近十年来正日益得到改善。

美澳日欧板块则因创作者相对分散，在力量的聚集上略逊于东南亚板块。不过网络的发展正在弥补这一缺憾，例如新移民作家利用网络平台对散居各地的创作进行整合，就已显现出聚合的成效。

新移民的创作是海外华文微型小说创作中近十多年来涌现出的一股新力量。尤其是近年来随着作家对当地文化和生活的日渐融入，其创作已日渐呈现出新视野，题材表现也开始渐渐与大陆生活经验拉开了距离，具有了海外写作的特质。

以上是对海外华文微型小说发展的一个简单梳理，而"华文微经典"丛书的出版，正是对这一梳理的具体呈现（为避免有遗珠之憾，丛书也将有别于中国内地写作的港澳地区的华文微型小说写作归入其中）。通过系统、全面、集中的出版，读者不仅可以得见世界范围内华文微型小说创作风姿多样的全貌，更可从中了解世界各地华人的文化与生活状况，感受他们浓郁的文化乡愁，体察他们坚实的社会良知，深入他们博大的人文关怀，触摸他们孜孜不懈的艺术追求。书籍的出版是为了文化和文明的传播与传承，我们希望这一套丛书能实现一些文化担当。我们有太长的时间忽略了对他们的关注，现在是校正这种偏差的时候了。这也正是丛书出版的意义和价值之所在吧。

目录

解雇日……1

五香腐乳……5

一件小事……9

野宴……13

远航的感觉……15

宝剑生锈……18

跋豪……20

咖啡小传……23

甲虫之死……25

黄狗事件……28

飞镖，又见飞镖……32

三十里路中国餐……35

让我回到老地方……38

海德公园的某个黄昏……41

布拉岗马地……45

青青厝边……48

喵喵两岸……52

舅公呀，呸……54

生命里难以承受的重……57

所谓苍鹭，在水何方……60

如何免费旅游巴格达……63

浮城六记……67

南洋SIN氏第四代祖屋出卖草志……74

阿爸，给您买辆车……77

我等到鱼儿也死了……79

疯劫……84

流年……89

空山五花……91

例常会面……93

光明前书……96

笑忘书……98

我来到了马尼拉……100

大家学潮语……103

校庆……105

旧梦不须寄……107

一课将尽……109

王朝继续沉淀……112

诸葛亮的手机没有响……114

如期开业……117

巴刹外的书法……120

新阿里巴巴……124

哑爸……127

独在家乡为异客……128

流言……129

迟归……130

出境……131

生命的长度……133

谋杀……134

潮哗汐止……135

天国的阶梯……136

一通星愿……137

功能……139

未遂……141

身影……143

速成"管"理……144

低头……145

青鸟架……147

ET Go Home……149

地牛与番鸭……151

签字……153

买棺……155

真诚实……157

当天色渐冷……158

很生气……159

骗子……161

寿司……163

游戏的玩法……165

化学常识……167

传人……169

微笑……171

补习……173

附录……175

解雇日

从床上跃起，拿起闹钟一望，昨夜又忘了上链。

七时四十三分，爸跷着脚，正翻阅报纸，还好二妹已为他准备了早点。

"爸，早。二妹呢？"

"她刚上学去！"爸托着眼镜，"对了，她交代过不回来吃午饭。"

"知道了。"我走到后边去洗漱，再换上校服。

七时五十二分。

"爸，该上班了。"

"上班？"爸放下报纸，"是的，差点儿都忘了，今天出差到——哦，裕廊去，所以不必这么早！"

爸站起身，提起公文包，拿了串门匙。

"小宝起身了吗？他昨夜的烧退了没有？"

"好得多了，我已经托隔壁兰婶买些羚羊角，下午再煮给小宝喝。"

"那我就放心了。"爸带上门。

"爸，您的文件夹！"爸真是愈来愈"魂不守舍"了。

"还有这个。"我把打火机递给他。

他摸了摸我的头说："早些上学去。"

一时零三分，坐在巴士车上闷得发慌。车一停下来，人又逃难似的往上挤，追逐的追逐，拼命的拼命，沙丁的沙丁，好一幅人生百态。

车经过乌节路，我忽然望见爸爸就斜坐在青龙木荫下的磨石椅上。

他抽着烟，像是满腹忧愁，很少看到爸爸有这种神态。

我想张口叫他，介于车上人多，路上车多，也就打消了念头。

爸不是出差到裕廊去吗？又怎会那般"悠闲"地坐在那儿啊？

应该是等人吧！我可推想的唯一理由。

一时三十七分，好不容易才赶回家。

刚踏上楼梯口，就遇到爸爸的老同事王叔叔。

"王叔，您好。您找爸爸呀！"我趋前向他问候。

"大妹，你来得正好，怎么你爸爸不在家？"

"他上班去了，上来喝杯茶吧！"我硬拉着他上去。毕竟，王叔叔并不是外人。几年前妈去世的时候，在守丧期间，他费了不少精力来帮助我们，而爸爸目前这份工作，也是他介绍的。

"王叔，怎么这么久不过来坐呀？"我打趣地问道。

"哦，还不是俗务缠身。"他无可奈何地笑着说。

"不过，"他的笑容消失了，"大妹，你爸爸最近对你提起他的工作情况了吗？"

"有啊！爸爸很满意这份工作的。"我有些疑惑，为什么王叔叔会问这些？

"你知道的，报纸也经常报道。"王叔叔说得有点不自然，"我还是直说好了。由于经济不景气，公司换了老板，最近又有一回总裁员，而你爸爸的名字竟然也在名单内——太出乎意料了！同事们都这么说，但有何法子？我们都无权做主。"王叔叔停了停，摸了摸鼻尖，接着从公文包里拿出了个信封：

"你代爸爸收下吧！——这都是同事们的一番好意……"

我有些惊呆，然后眼前是一片茫然。

笃笃笃。七时半，二妹开门去。

"回来了，爸！"

"喂，你们看！这是什么？"

"我知道，这是家乡鸡。"小宝抢着回答。

"你好些了吗？嗯？"爸抱起了小宝，再摸了摸他的额。

小宝点点头。

"爸今天一定是领了薪水。"二妹说。

"不，爸爸加了工钱。"小宝反驳似的回答。

"你们都很聪明。"爸笑得很开心。

"哎！大妹，到厨房倒几杯牛奶，我们来好好地庆祝一番。"我走到房里，取出那个信封。爸正在厨房拿着盘碟，我踱到他身后去。

"爸——"我说不下去。

"怎么，牛奶喝完了？"

"不，爸——"我控制着自己。"今天王叔来过，这是他送来的，是公司里同事的……"

我把信封推了上去。

爸愣住了，有一种被拆穿的惊愕，然后他崩溃地靠在窗旁。

我不敢正视他。

窗外，一片凄迷……

五香腐乳

（那是好几年前的事情了……）

车子飞驰在樟宜路上，脑子总在盘绕着一个问题：要不要到外婆那儿走一趟？

我从小就在外婆那儿长大，几年前结婚后就搬了出去，一方面是为了避开几位舅妗们无谓的眼光，一方面则是婆媳之间难免产生摩擦，何况内人也急于组织小家庭。

我当然是舍不得离开外婆。

前些时候从表兄那儿得知外婆正办七十大寿，无论如何总该回去一趟。不过我今天的目的是到樟宜医院去探望一位上司，顺便签署一些文件——这是公事，我生怕一到外婆那儿逗留太久，会误了正事。

来到十条石，我把车停放在一条横巷里，然后走到对面的商店去。

来得这么仓促，就买些东西送进去好了。

杂货店的老板一望见我，高声道："哎呀，是阿贵啊，什么风呀——发了财吧！"

我苦笑着。

"头家，您说笑了，我看您倒是风光得多了。"我打趣地说，接着走进店里，点了一些日常用品，一些外婆喜欢吃的，交代老板送过去。

"你放心好了！喂！雄仔，等一下把这些东西送到阿贵兄家里去！"

"哪一家啊？"

"唉，就是拐弯处三叔公那里！"

我知道太久没来这儿了，不然怎么会"少年相见不相识"呢？

刚走出店门外，老板的儿子拉了个瘦小的孩子进来。

"爸，这小鬼在店后的货仓里偷东西。——喏，五香腐乳！"

那孩子瑟缩在一旁，老板一手抓了起来，举起另一只手就要捆下去。

"头家，算了吧！"我趋向前挡住了他。"打伤了小孩也不好的，反正东西都找回来了。——我替您交给他的父母吧！"

说罢，我像是从老鹰那儿把小鸡夺回来似的，把孩子拉走了……

那孩子也没怎么挣扎，过了马路，他从草丛里抬起了一架比他高大的脚踏车。

"你住在哪儿呢？"我问道。

他指向小巷去。

"你拿那东西来做什么？"我拉着他的手。

"给我婆婆。"

"家里还有什么人？"

"爷爷。"

"只有爷爷？"我有些惊愕地问。

他点了点头。

"别的不拿，你怎么只拿了五香腐乳呢？"

"因为婆婆喜欢吃。"

"那好，带我去见他们。"

我的车子跟随在后头，他也没有逃跑的意思。那瘦弱的身体在脚车左边，一只脚伸到三脚架另一边的踏板，然后一上一下，一晃一摆地沿着小路前去。

来到三岔口处，他跳了下来，把脚车靠在一座破旧的亭子外。

我一下车，向四周环视，这不就是"三百依格"墓场？

他站在亭外，低着头，偶尔用眼角望向我。

"到了？"

他点点头。

"带我见你的婆婆。"

他走在前边，走在墓与墓之间，走在碑与碑之间。突然，他停下了脚步。

一位老妇人的墓前，放了一小束的鸡蛋花。难道墓中人就是他的婆婆？

他仍旧低着头站在那儿。

"带我去见你的爷爷。"我走向前握着他瘦小的肩膀。

"不要，我怕——"他有些颤抖，眼圈已湿润。

我望向碑上的日期，再望一望腕表，原来是老人家的忌日。

不知道该说些什么，我呆了好一阵子。

"待会儿到杂货店那里向头家拿两罐五香腐乳，知道吗？钱我已经付了！"

这是我唯一能够做的，我招了招手叫他回去，然后把车驶到杂货店去。

"头家，孩子已交给他的家长了，他刚才是丢了钱才这么做的。——哦，对了，他们还要两罐呢！钱就在这里。"

"哎哎哎，你可是当真的了？那没什么的。"

"刚才我点的货送了没有？"

"还没有，你急着要吗？"

"哦！不！我看还是自己送去较妥当，瞧您忙得很呀！"

我拍拍老板的肩膀，忽然又想起什么似的：

"对了，多来一罐五香腐乳，我外婆也喜欢吃呢！"

一件小事

一路上我们谈笑风生。

尤其是谈到那年一群老同学在云顶高原团聚的情景，更是令人回味无穷。

我们都跌入回忆往事的深渊里。

好一会儿，他忽然开口问道：

"孩子怎么样啦，还常咳嗽吗？"

"很好，小宝很好，妈妈看护得无微不至！"我顿时从回忆的边缘爬回来。

然后，一路上我们都不再开口。

行驶在高速公路上，车子似乎超出了时速限制。

"放慢些会较稳当。"本来不想去干扰他驾驶的注意力，但是车子越跑越快，我终于忍不住开口了。

"哦！"他侧脸望向我这儿来，似乎想说些什么。

而我们该说些什么呢？两年不见了，万般愁绪要一一从头提起吗？

罢了！一切都不会有结果的，况且这一趟他回来要办的事可多得很，除了要追回几年前的一笔烂账，还要帮老爸拉拢生意，买些土产回去，然后相亲、看屋子、拜访亲友，说不定来个闪电式结婚，说不定……

我不懂。我知道的、熟悉的，都只是两年前的人与事。

高速公路前方的天空云烟变幻，一旁的大海却平静泰然。

"这里的变化太大了！唉，几年不见！"他像是自言自语，又仿佛是对我说话。

"其实也没什么，变更的只不过是一个人的心境罢了。"我不经意地回复，"还好吧？两年了，印尼那边的情况……"

"本来我是不该去的。"他有些困惑，"爸爸的生意总要有人料理，何况……"

我了解，有份好的事业，有个门当户对的亲家总是好的。一个人一辈子庸庸碌碌的，为的不外是这些！

"你放胆去做吧！"我若无其事地说着。

他放慢了车速，像是有所思索。

"前面靠左，由美芝路去较快些。"

停在交通灯前，他侧着身，轻声说道：

"到太子戏院看场电影如何？"

"我觉得不太好，我们不是约好了小刘吗？"

叭——灯都转绿了，转左，直行，熙熙攘攘的人群，川流不息的车群，天空压得好低，看样子要下雨了。

"小宝怎样了？"他又提起孩子来了。

"很好，很好——"我不想让他知道得太多。

"找个机会去看看他。"

"还是不去的好，你还忙得很呢！"我拒绝似的推却。

车子还未到吊桥就弯进停车场去。

电梯外，有一张张焦急的脸；电梯内，是一副副不耐烦的表情。然后，又逃亡似的各奔前方。

在刘与张律师馆前，我有一股彷徨的感觉。

接线员说小刘有访客，我坐在沙发上随手翻阅杂志，反正也不知道该做些什么才好。

"铃，铃……"吓了我一跳，接线员柜台旁的内部电话铃声非常刺耳。

可以进去了？是的。左边最后一间，谢谢。

我深吸了一口气，跟在他后面，再推门进去。

"哈哈，小林，让你们久候了，到里面坐，请！"

大家都好不自在地坐下。

"其实，你们又何必呢？"小刘摊开手说道，我相信大家的脸色都很难看。小刘接着说：

"我深信你们也考虑了很久才做出决定。不过，都是小事，这种事情见多不怪，我的同事专办这些事务。文件带来了没有？好，那好办。"小刘拿起电话。

"接张律师，嗯。"嘟嘟——"哈罗，是保罗吗？我是小刘啦，又有一宗离婚案交给你，是我的老同学……是的，尽快。还有，收费照第三种价格。好——好，我请他们到你那边去……"

走出会客室，在还没踏入另一间办公室前，我顺便望一望窗外。外边竟然下起雨来了，我的视线一片模糊……

野宴

老妈在前厅好不耐烦地高呼着，我知道又是吴国良打来的电话。晚上七时半，老地方。还不是为那些日本朋友设宴洗尘！老妈在一旁唠唠叨叨。最好不要去。妈很少管我的私事，不过去这类的宴会她最痛恨，尤其是跟日本人同桌，尤其是吴国良，这个做日本人生意的老滑头。

老滑头是妈说的。吴国良是我多年的同学，小时候常光着屁股在海边游泳的老滑——不，老童伴。中学毕业后远渡东洋深造，回来后就风光起来了。

因为有一段时空的隔离，我们有不少的话题可以闲聊，譬如说今晚，他那位日本朋友正聊起当年念书的情景：

"还记得那一次的野宴吗？在神户。"

"哈哈，当然，当然。太过瘾了！你知道我们一口气偷抓了农场的几只肥鸡吗？"

"毫不费力地？"我问道。

"是的，总共八只，不多不少。"

"味道可真不错！"国良似乎回味无穷地说道。

"回学院后我们想如法炮制，把实验场的鸡子也提早'实验'一番，可是组长却大力反对！"

"为啥？"我迷惑地问着。

"因为是在我们自己的家乡，干不得。"

"哦！"我恍然大悟。然后对着那位朋友以试探式的口气问道：

"其实你们以前也有类似大规模的野宴。"

"有这种事？在哪儿？"

"有的，在神州。"

"神州？多少？"

"八年。"

那位日本朋友没再说什么，满脸通红，虽然我们喝的只是甘涩的中国茶。

远航的感觉

在飞往东部参加一位同学婚礼的内陆班机上，猛然想起，又忘了拨个长途电话，告知千里外的老妈回国班机延迟的事。

回国那晚，九点钟抵达樟宜机场，老妈说五点整她已在那儿等候了。心中有一份内疚，如果前阵子忘记通知她回国日期已修改，她岂不是三天前就伸长脖子在那儿苦等了？

去国三载，才回两次家，每次总惊讶岁月的无情，它像一道漂白剂，把老妈满头的黑发，褪成灰淡的银白。

我放下行李，松了松身子，搂了老妈一把，发觉她比以前矮小得多了。往日，仰望着她，恳求她答应去郊游的那种情景已不复存在！

一如往日，她准备了满桌丰盛的菜肴，都是我小时候爱吃的，仿佛这几年来母子之间所失去的，都要在这一刻弥补起来。

长途的旅程后难免胃口变差，我还是尽量每样都浅尝，以免让她失望。毕竟，吃一顿大餐是老人家心目中的一件大事，也是唯一能够沟通母子间感情的最佳方式，尤其是隔着这么远阔的时间与空间，包括一条跨不过的代沟。

　　深夜，她还是不能入睡，也许是兴奋的心情令她难眠。

　　"我可要多看你几眼。"老妈拍着我的膝盖，"不然，明早你那群老同学一来，又溜得无影无踪啦。"

　　我苦笑。

　　然后，她从抽屉里拿出当年出嫁的梳妆盒，轻轻打开，取出一束信来，小心翼翼地翻点着。

　　"喏，这就是几年来你写回来的，我总怕丢失了它。"

　　我的天啊！这些信，都是我仓促在车上、在餐室，或是急等钱用时写的，里边不外是几句公式化的寒暄，气候报告等，其他的，我该如何应用简单的词句来表达呢？譬如说那里社会的开放制度，譬如说课本里深奥的科学原理，譬如说……

　　而那些信，那些用十来分钟写的信，她竟如收藏宝物般地按年代月份整理得那么齐全。

　　"细弟，你最懒了，三年来才写了这些。——不过，也怪不得，你那儿的功课一定很繁重吧？"

　　我勉强地点头。

　　"喏喏，你看。"她戴上了老花眼镜，指着其中一封，"这是写得最长的一封，第一年夏天写的，是——让我看看，是要买课本写回来的。我算过了，包括那些删掉的，差不多有四百字……"

我低着头。

"还有，这一封是最近写的。"她掀开枕头，拿起一张印有自由女神的明信片，以快慰的口气说道，"每当我睡不着时，我总会拿出来看看。虽然——虽然，有些字儿看不太懂，图片倒是很漂亮！"

语毕，她咧开嘴，好不自在地笑了。

我无言以对。良久，我缓缓抬头望向她，看到了眼角闪烁着苍老银白的光影。

明天，我留下来陪陪她吧！

宝剑生锈

　　多年以前，我们一同站在台上，演那出《宝剑杀坏人》的故事。那时候的我们都沉迷于歌仔戏。在三十周年的校庆上，每个班级都得呈献一个节目，我们被推选为演《荆轲刺秦王》的两大主角。主意是级任老师出的，这回可是大难临头，因为看人演戏与自己上台表演完全是两回事。"谁是荆轲？"你问。"就是那位大英雄！"我说。"那么秦王呢？""坏蛋一个。""做王的怎么会是坏蛋呢？""你问级任老师好了。"那时候大伙儿一同在课室内练习、排演，忙得不可开交。"还差一把宝剑，一把匕首。"老师来巡视时批评道："你们这些木刀木剑演起来不够逼真。""就弄把真的吧！"我说。"那就让你去办好了。"又是份苦差使，我往表叔的汽车厂找材料去。花了几天工夫，按照老师的意思，分别弄好几把宝剑与匕首，磨亮了还送去电镀。"什么是电镀？"你问。"哦，这是最新的科学技术，你不懂的，总之，东西放在化学药水里电一电就不会生锈了……"那年校庆，我们在台上轰轰烈烈地度过……又是校庆，是五十周年的校庆，一大早我们赶到母校参观去，想看看当年的那把宝剑是否还高挂在教员休息室内。宝剑不见了，取代的是一幅现代抽象画。"昨天宝剑还在啊！"老校工说。一定是为了校庆，在打扫时给取了下来。那没关系，说不定让学生镶了起来，挂在新校舍处。我们走在笔直的走廊上，往新礼堂看表演去。很偶然地，我发现有把剑，正横躺在长廊一角的垃圾堆处。我们不约而同地走向前，弯身细看。没错，是当年那把宝剑。只是，剑锋已锈蚀多时。

跛豪

　　我往洗手间走一趟。

　　整个晚上千篇一律的表演令我憋不住地离开座位，尤其是下一个节目，由一批坐着轮椅的残障朋友在台上载歌载舞。真服了他们，真服了主办单位，表演节目也打残障人士的主意。

　　回来时经过台前，节目已将近尾声。忽然，我看见台上的演出者，是多年不见的老同学——骆金豪。

　　在我心目中，骆金豪是残而不废。那年读书的时候，他并不坐轮椅，只是脚跛得厉害罢了，也因为这样，他在学校是出了名的迟到大王。每个周会，他总得在巡察员前面低头记名，像他这样的残障者，并不能被学校当局"网开一面"，或许是那一班"执法者"——巡察同学的错吧？

　　其实错的也不是巡察同学，是他那只跛得厉害的脚。

　　那么跛脚又是谁的错呢？没有人知道，反正他还有个难兄难弟，念隔壁班的。好像是林什么的，患的是小儿麻痹症，走起路来需要用一对扶杖，听说这个病症是发高烧引起的，不知道又是谁的错？

记得有个下雨天，差不多所有的人都迟起床，差不多每辆巴士都驶得特别慢。下了车，人人都冒雨飞奔到天桥去，生怕迟到被记名。名字被记得多了，麻烦可大了，上周会亮相有份，请父母到学校"对话"也有可能。我在天桥上看到那双活宝，正各自一跛一拐地绕到栏杆尽头，过了条宽大的马路，又得绕回来，才能抵达校门。

他们爬不上天桥，走的路又要比别人远，尤其是在这个分秒必争的雨天，真是造化弄人。人人匆匆上天桥，奔跑，下桥，再拥进校门。

只有他们俩，一跛一拐地拖走着。

远处，忽然铃声响起，妈呀，快迟到了。就在这当儿，我望见林同学拐杖一滑，整个人跌坐在马路中央，还好远处的交通灯正值红灯，车辆还未驶过来，他连忙伏在地上，使尽了吃奶力气，想把身子移到路旁去。

对了，周围的人呢？怎么没有人上前去扶他一把？

看！有人，就是跛脚骆金豪，他一个箭步，不，跛步向前，差点跌倒，还好拉到林同学的右臂，一晃一晃地拖着。

在一个雨天，我们这群正常人，看着一幕同病相怜相助的活剧在上演。

在这个温柔夜，骆金豪在舞台上卖力地表演，我竟然有意无意地错过了！

　　我不知道该如何是好。我只能走到乐捐处表示一点心意，以弥补我的过失与大意。

咖啡小传

午后，他望着那根"座雅莫怀人"的柱联发愣。他心中有一个未了的结。

记得小时候，他问父亲，假如我们不卖咖啡，会卖什么？

他的父亲忙得不可开交，没工夫照应他，只是随便敷衍他两句：

"我的祖父，还有你的祖父都卖了一辈子的咖啡，那我们应该卖些什么？"

他没听下去。后来，他要求到城里去。

"要到城里去卖咖啡？"他的父亲并没有了解他的心愿。

"也好，呵，去找你舅舅。那年，我还是在你舅舅的店里认识你妈妈的。"

到城里后，舅舅不让他卖咖啡，只叫他到学校里啃书本。十八岁那年，又到国外喝了三年洋墨水。

回来后，舅舅用一点钱让他开了一间快餐店，卖热狗套餐汉堡包。

生意做得挺不错，舅舅那一间二三十年的老"福州咖啡店"就重新装修，还改了个宝号叫"富士山咖啡屋"，请了几位年轻貌美的女招待。

他问舅舅，当年怎么不亲自改革一番？

舅舅若有所思，说道：

"我不想让你成为第一代的麦当劳少年！"过后，他们开怀大笑。

笑出了泪。这位麦当劳中年，那天，来到幼年时糊口的地方，他望着那根"茶香可逗客"的柱联发愣。他心中有一个不了的结。

最后，他决定什么也不去改变。这朴素的村落，这三代单传的咖啡香，哪里去找？

甲虫之死

我们饿着肚子，走了三条街，为了黑毛。

为了黑毛的斋食，终于在牛车水的一个角落，我们安顿下来。

大家各自寻找喜爱的白切鸡、沙煲饭、山瑞及蕹菜鱿鱼等美食去了。黑毛习惯地点了花样不少的斋菜，独个儿吃了起来。

我们吃得很不痛快，本来是一同大鱼大肉的黑毛，现在一切以素食为主，他说：

"无论以医学的择食理论，或是以佛家慈悲为怀的观点来看，长期素食对人类在生理及心理上的发展是有益的……"

"什么？再说一遍——"一旁的添才插嘴道，"这么一来，那些卖鸡鸭的小贩、肉商、畜牧场等不是都要失业或倒闭，带来经济危机？呸——"他把鲠在嘴里的一块鸡骨吐了出来。

"当年我们的祖先，还不是吃生肉挨过来的！"

没有人再说些什么，大伙低头忙着填自己的肚子。一会儿，添才抹了抹嘴巴，意犹未尽地说：

"看看你刚才的素食，捏得跟烧肉、鲍鱼一个模样，心里头早已经犯——"

"哎！犯不着伤了和气，我们吃完东西后到别的地方走走，或者看戏也行……"

"看什么？"

"国宾，有部战争片正上演，听说效果特别不错。"

"那好。"大伙都没有异议。

"不，我觉得看别部较好。"黑毛有点意见，

"打打杀杀的战争片看多了，心术会偏！"

"那么就边走边谈吧！"大伙有点扫兴。

我们边走边踢着罐子，在牛车水的后巷，无所事事地踱着。

"嘭"的一声，罐子掉入前方的一条沟渠里。然后，我们各自一个箭步，跨了过去。

突然，"吱——"的一声，有一只甲虫，从渠边蹿出，不偏不倚，被其中一只脚踩死了。

完全没错，那只脚刚好是属于黑毛的，他丝毫没有心理准备，就像那只蟑螂也不会料到，在这个阴暗的后巷的初夜里，就是它的忌辰。

"没早一步，没晚一步，黑毛你看，一只活生生的动物，现在变成一团烂尸。嗯？它怎么不落在别人的脚下？"添才停下脚步，对黑毛指指点点，黑毛脸带忏意。

　　"你别内疚。通常嘛，过街甲虫人人喊打，总要经过一段惊慌逃避的过程，而它却完全没有，或者来不及怨恨与挣扎，也许它正过得十分清苦，你这一脚是替它解脱。"

　　黑毛有点欣慰。

　　"它可以说是安详升天，不过——"添才侧身，看看大伙，再看看黑毛，一副长者的模样。

　　"你看，它的妻儿在沟渠的一个角落，目击一宗谋杀案的发生后，正盘算如何去报这个杀夫杀父之仇！"

　　不约而同地，我们打了个冷战！

黄狗事件

他把刀放在侄儿的颈项上。

其实，他不想把刀放在侄儿的颈项上。

他只不过赌了一个时期的马，借了几回的大耳窿，抢了一次杂货店的钱。他最终给认了出来。东藏西躲，躲到大哥那拥挤的三房式组屋去。那天，大门被敲得心惊胆跳，他一心急，拿了把刀，想从二楼窗口跳下。妈呀，有辆警车正亮着红色的信号灯。

"郭友财在家吗？郭友财开门！郭友财听着，我们是——"

郭你妈的！我怎能开门，让你们进来抓我！我那孩子的奶粉还没有着落，我欠的钱让我想办法去凑足就是了——杂货店，杂货店我才抢了，不，拿了不到五百元！——我不开门，我不开门！

不开门也是死路一条！他抓了七岁的侄儿往房间里关了

起来。这是他最疼爱的侄儿，昨天还买了虾饼给他吃。

有人从大门闯了进来，他感觉得出，应该是五岁的侄女开了门。然后又有人在急促地敲着房门。

"郭友财，郭友财，我们是，我们是……"

"我还你们钱好了！我还你们钱好了！"他心中在呐喊。

"郭友财快开门，郭友财，我们是警方人员，郭友财……"

"郭你妈的，再吵我杀了旺仔！"顿时外边一片寂静，只有房里有数声狗吠。

外边的人都说郭友财挟持侄儿为人质与警方对峙。

"孩子是无辜的，放了他吧！我们找个人顶替他。"外边有人说。

好一阵子没有反应。

最后，房门开了一隙，外边一位老者走了进去，小侄儿给推了出来，房门再关上。

"别动！"友财上前搜身，一旁的黄狗猛吠不已。从老者右边腰际搜出一把左轮。

"×你妈的，你也来这一套！"友财把刀抛了，用左轮指向老者。

"你不要命了！"

"这把枪跟了我三十年，舍不得拿开！"老者回答得从容。

"也好，你舍不得，让它与你一同归天好了！"

"慢着，先喝杯咖啡如何，你的脸色不太好。"

"别耍花样，我要——"

"报告队长，我们已布置好了，请吩咐——"外边有人提高音量。

"先来两杯咖啡，一杯不要糖。"

老者向外边回应。

"你是队长？"友财有点慌张与惊愕。

"我来日不多，应该由我进来。"老者望着友财，

"你抢了几百块钱，只要报了案，上法庭最多判坐几个月的牢。你现在这种大手笔，会要你的命！"

"我没有其他选择！"友财有点软化。

"有！"老者从身上拿出一副手铐，说道，"你现在就自首吧！我倒忘了，那把枪今天忘了上子弹……"

友财整个人瘫软下去，他没有料到，手中的武器只是虚有其表罢了。

"队长，咖啡来了！"

"咖啡太苦了！"

房门再度打开，郭友财戴了手铐与老者一起走出来。老者笑着对大伙说："他刚才都换好了衣服要去自首，谁知道我们先来了一步！"

大伙不做声，不太相信他的话。

"哦，就是因为那个小侄缠着他在房里玩——"老者说得好轻松。

　　"他刚才不是说要杀旺仔？"有人不服地问道。

　　"啊哈，你是说那只叫旺仔的黄狗？该杀该杀，到处随地撒尿拉屎！"

飞镖，又见飞镖

那时候流行义卖游艺会。

游艺会即将来临的前两天，级任老师突然来个"闪电式"的数学测验，大家都措手不及，这么一"测"，解决了他手中还没有售卖出去的游戏与参观券。我一共买了七张一角钱的票子，再加上测验得到的三十分，总共是一百分。坐在我左侧的添财，则买足一块钱。

当天早上，添财与我各自编造了个故事，不必到巴刹旁老爸的摊子去帮手，一同溜到游艺会去。我们打算把票子全用来买吃的，因为那些游戏没什么好玩的。

不过，我们还是在一个发飞镖的摊位前停了下来。

"还有没有票？"添财跃跃欲试。

"剩下一张，要买虾饼用的。"我舍不得给他。

"哎，这里的虾饼不够脆，玩飞镖才刺激！"

我们用仅剩的一张票换了三支飞镖。只要往有红色圆心的靶丢去就是了！这种游戏我们差不多每天都在玩，他怎么还玩不腻？

我有点后悔给他最后一张票——我答应要给六弟买虾饼，是他一同帮我编造故事的。

我赌气不开口，让添财丢好了。他转过头对我说："太近了，没意思！"

然后，他往后退了三步，右手横胸，四指伸直，拇指扣镖，一副公仔书上那些翩翩大侠神气的姿态，发镖——中鹄。

"噢，好 Lucky 啊！"一旁有人轻呼。这回他再退后一步，用同样的姿势，同样的表情，扣镖再发。

不偏不倚，就恰恰停在上一支红心镖的旁边。

"哇！"一旁的同学们都围拢上来。

"你看，你看，你中了两大包米了。"

"再打中一支，就中电锅了！"

"站近一点，不中电锅就可惜了……"

添财不理会任何人，他要在众人面前表演他的"回马镖"，然后让大家鼓掌——只有这样，才是最快乐的。

他再退后一步，转身。

"嘿，你疯啦！电锅你不要了！"

他的确不要，这回他用食指与中指夹镖，把手垂下。人人都屏住了气，他却深深地吸了一口气，倏忽转个方向，侧脸，说时迟那时快，左手一个大弧度的摆动，半途发镖——

"哇！哇！中电锅啦！中电锅啦！"

添财居然用左手发镖，这不是他一向练镖的习惯啊？他一脸得意的样子，拉着我的手就要走。

"喂喂！你不要电锅啦——"有人高喊。

"什么是电锅？"添财无知地问。

"就是用电来煮米煮汤的锅。"有人说。

"那什么是电？"

顿时，大家都静了下来。

"就是把电线连在每棵树上，再接到家里，然后——然后放插头按电钮饭就会熟的那种东西……"良久，旁边有位矮个子对我们说。

"那算了！"添财拉着我走。

"喂喂——"

"我家没树，哪来的电？"添财回头说，

"树都给我们砍来烧饭了！"

"那拿好米！"有人建议说。

我们各自扛了一包米回家去。

然后各自被老妈"赏"了一顿木棍——天寿仔！死到底个坑去，厝内没柴烧了……

三十里路中国餐

飞机临时耽搁，我们决定在市镇多逗留一天。

安顿下来后，一踏出旅店，我们才发觉有点不妙，满街都挤满了车与人，在这傍晚时分，好像不赶在太阳下山以前回去，会活不了命！

"咿——"一辆的士越上人行道，在我们前面刹住，开门，就如闹市劫金砖的大盗把同党，不，把我与内人载走。

"先到中国餐馆去吧！——吃了两个星期的牛扒生肉。"我侧身对内人说，再吩咐司机。

司机说三十里外的一家中国菜最好！

"不——"内人想阻止，"市区内难道没有……"

我示意算了，望着满身横肉的司机，我笑着说："沿途看看风景也挺不错，反正时间还早嘛。"

像他这等身材的彪形大汉，应该去当拳师才不会埋没他的天分！我这么想着。至少，他不适合当司机——沿途总紧跟着别人的车，一有小空间就把车移了进去，一看到前面塞车，喇叭不停地响着。内人嘟着嘴，有意无意地看向我这边，像是在埋怨我。我苦笑，妈呀！怎么红灯也不停下来？

他回头看着我们，比了个"OK"的手势，像是告诉我们没事的。

"转了个弯，上面那条路就好走得多了。"他说。

我们任由他摆布。

"哎！危险。"他又闯红灯了，内人禁不住发出微微惊语。

"哈哈！No problem！No problem！"他傻笑，"别人抢东西，我只不过是抢点时间罢了。"

我们都不回应他。

"我想多载几趟，明天女儿生日，要蛋糕……哈哈。"

我赔着笑。

"她都七岁了。嘿，你知道，她满周岁那年我刚好打抢银行——就是刚才你们上车时路口的那家银行——后来，后来当然是入了狱，没有时间买蛋糕给她，不舒服，真不舒服。你们看……"他从挡风玻璃前拿了张相片给我看。

"嗯，Beautiful！Beautiful！"我说得有点儿勉强。

一路上车超速飞驰着，我们都没有开口。我一直提心吊胆，谁晓得他会把我们载到哪儿去？看看内人，她紧抓住手提袋，双眼直瞪前方。

"咿——"车刹在红灯前。

"我不闯红灯了，既然你们不喜欢！"他舒了舒身子，"前面多两个弯就到了。"

两个弯后，我们付了一笔昂贵的车费。

不过，我们却品尝了多年以来最好的一顿中国餐！

让我回到老地方

老爸失踪了。

按了一阵子的门铃后，我已感觉得出。然后，我别无选择地下楼到车子里拿了把备用门匙。

厅里的电视沙沙作响，黑白相间的波纹微粒告诉我录影带早已播放完毕——《柴房会》还在转匣内，《告亲夫》《拾玉镯》等则散落一地。厨房内那清早就准备好的白粥空心菜有一再被食用的痕迹——我猜想，这是"良性失踪"。

这是我接他回来住的一个月内的第二次"失踪事件"！

头一回是某晚十时半开完会接玛格烈回家后发觉大门开着，屋内一片漆黑，我们都以为屋子进了贼，说不定老爸已遭了毒手——还好屋内空无一人，一切都井井有条。我放下了心中一块大石，紧跟着另一块大石又压了下来，老爸到哪里去啦？

我们在隔四座组屋的一个空旷地方找到了他。他张着口，在一堵城墙下迷惘……良久，他说有一阵叫卖水晶包的声音从楼下传来，他就追赶出去买；他一连吃了六个，还买了两个。他提起来说，黑皮的——你小时候最喜欢的——给你吃。我咽下口水说：回去，回去。

我们父子俩瞪着电视机看玛格烈喜欢的英语特别节目。老爸说他要回去，回去老地方。我坚持不！我就是忍不住闲言闲语才把他接回来的。何况，我们兄弟七人，说什么也不能把他留在老地方。

玛格烈坐在一边看电视，有一种了解我的心思而又不同意的表情。

然后，为了制造一个让他适应的环境，我——本来应该是玛格烈的——煮粥，酿黑榄，修坐式马桶，租地方戏剧录影带等等——

不过，他还是失踪了！

不过，我很快就找到了他！

在第二邻里公园，他与另一个年纪更大的老人家促膝而谈，谈得十分投入。

我的出现，并不引起他们的注意——他们谈的是洪宪年间蔡锷将军同小凤仙那风云变幻中的风流韵事。

我静静地等，静静地听，老人正述说着他年少时发生的事件。

老爸听他年少时曾流行的传说，我则听一段湮远的传奇故事。

假如玛格烈有在场的话，她是否听得懂这些似曾相识的语言？

我频频望表，说，该回去了。

"他常在老地方讲故事。"老爸说。

"我还是喜欢老地方，朋友多啊……"

我想，若我有机会活到这把年纪时，一定不想囚在四面墙内面对一架电视机。

我不能再为了面子而做任何坚持。

是晚，回去后，老爸睡得很甜，不像以往，一再醒来望着天花板。

我决定送他回老地方，安老院。

海德公园的某个黄昏

决定约王贵兴，那是某个黄昏在伦敦希思罗机场南部一家小旅馆内翻阅旅游指南时偶然做的决定。

旅游指南上的海德公园有一片翠绿的颜色，还说明有个 Speaker's Corner 的地方。我想起小学课本里描述的海德公园——人人都可站在箱子上高谈阔论！那时候坐在我前面的王贵兴转回头对我说，有机会要到海德公园去看看，顺便站在更高的箱子上——去揭发那打通宵麻将的华文老师的"伟大"行为。

那天温习了《电镀理论与实践》的前四章后，就赶着搭公车转地铁到市区去。

走完了一整条牛津街的商店后，就应该是海德公园了——指南上，几个路人，包括我的眼睛都这么说，于是乎不必"待考"，就是了。

夕阳刚好落在公园的一角，那一片云彩的绮丽仍掩盖不了草木的翠绿；偌大的公园，游人三两，也有在做夕阳浴的。我找了张绿色的半躺椅——反正是供人休憩的——把身子抛上去，然后就迷迷糊糊地……

差点忘了王贵兴。

王贵兴就站在我身边，当我张开眼睛时。

我一拳打过去，他接了个正着，说：

"你的拳法，十数年如一日，还是小儿科！"

然后我们哈哈大笑，天南地北地谈了起来。

"师父正等你回去，不然他的咏春拳可要失传了！"我开他的玩笑。好几年前他只身西飞时，同学们都这么说，最终，他还是喝洋墨水去了。

我试探地问道：

"你捞了多少个头衔？"

"有，一个。"他回答得快。

"是什么？"

"边缘人！"

"啊……"

"记得几年前我远来这儿念书，不到一年光景，我就不再继续了，读一些非我志趣所向的科目，实在——"

"你没打算再……"

"书是家人逼我来这儿念的，我总觉得没什么必要；几年前老爸说无论如何也要把我送过来镀些金——他是个屠夫，毕竟有一般人一厢情愿的想法……"

"怎么你就来了？"我有点多事地问。

"……在那种情况下，也没有太多的选择，何况老爸说他那一代人没机会读书，就把全部希望——哈……"

他苦笑，有一脸痛苦的神色。

我们来到 Speaker's Corner。一群鸽子，一些游人，一支唱圣诗班的乐队。

"你去找个箱子，让我站上去发泄发泄。"贵兴说。我也煞有介事地东张西望。

"喂，你还没告诉我，你什么时候回去？"他问。

"下个星期吧，我的电镀学课程还有几个实践部分没完成。""你来学镀金？"

"人人都是！"我们又哈哈大笑起来。

我果真找来了个箱子，他也认真地站上去。我猜想他会开口骂那小时候的"通宵麻将王"。

谁知他却东张西望，好一阵子，他说：

"我的女友来了！"接着他从手提包里掏出一个厚信封交给我，又说：

"不知道你是否方便带个口信——我很久没跟家人联络了……"

我有点不解。

然后，一个金发女郎从落日的方向走了过来，贵兴指着说："我的女友——我目前就住在她那儿。"

我点点头，不再说什么，一脚把箱子踢得远远的。

某个黄昏，在海德公园的某一个角落，偶然有一则千里落草的故事⋯⋯

布拉岗马地

呵呵，回去，回去。我说老家那儿要建房屋时，老爸高兴得睡不着觉：

"可以回去啦？我早就说过不要搬走，那些地方多清凉，多自由——"

是我说要到城里去的。那年，一个满脑子理想与梦想的年轻人，说什么也不肯蛰居在这偏僻落后的小地方。

接着，又建议把临海的木屋卖掉，全家搬到高耸的组屋去。

那年，土地征用法令完成了我的心愿。

临走前的一段日子，老爸每晚都爬到地势偏高的小山坡，抽着烟，喃喃自语。

三哥与我偶尔上去看他，也许他会这么感叹道：

"……日本占领时期，凸角那边的海湾，杀死了不少人——"或者他指着那个堆有大秃石的小岛，十分无奈地摇头：

"以前英军的大炮舰，曾经撞到上面去……"

最后一夜，还记得他心事重重，望着远方：

"看到对岸吗？以前就叫作龙牙门……"

朦胧中我们不知道他指的是何处，好像是灯火突明突暗的码头。

那年，我们就搬到城里去了……

回去。呵呵，回去。多年以后老爸躺在床上想回老家去。

我说圣淘沙要建造不少的房屋，他说："什么？"

我说布拉岗马地要建不少的房屋，他十分兴奋。

"可以回去啦？我早就说过不要搬走，那地方——"

好好，回去。我说。虽然那些房屋是建给游客住的，虽然医生说他过不了这个中秋。

中秋后七天，我与三哥、五弟、小妹及几个小侄一同陪老爸去圣淘沙。

忘了替他买船票，进出码头时，我们围聚在一起，遮遮挡挡的，总算过了关。

我们坐单轨列车，经过许多熟悉的地方，在靠海的车站，仿佛看到老爸当年出海的船只。

站在地势偏高的小山坡上，我指着对岸说：

"那是什么？"

"箱运码头、花柏山！"小侄女回应。

"还有另一边的 BatuBerlayer。"三哥说，

"老爸的龙牙门。"

而我们来迟了，布拉岗马地。趁着小侄们在附近的草坪上嬉戏的当儿，我们把老爸的骨灰轻轻撒下。

毕竟，他回来了……

青青厝边

最终，我说服了外公，搭一趟地铁到火城去。

在这之前，青厝不拆的事实，我怎么也解释不了。

"那排青厝不是给政府拿去啦？"同样的问题，外公不知问了多少回。

"是的，不过他们没有说要拆啊！"一旁的表弟说。

青厝十余年来接到好几回征用的通知，一会儿说要扩建马路，一会儿说要兴建店屋，害得外公的孵鸡铺开不下去。

"早些时候，你们那个三舅，整天吵着要搬走，去住什么红毛厝！哼，老厝边来往得好好的，搬什么搬？"

早在征用法令通知前，在银行工作的三舅已经刊登了广告，安排买主前来看屋子，准备把住了数代人的楼房卖掉，以便趁早脱离这个脏乱的窝——毕竟，住在这样的地方有损他的身份。

"后来还不是不了了之！"表弟说。那时候表弟还小。

最后一次的通告，听说是要建地铁，外公竟然毫无怨言地在短短的时间内搬到组屋去了。

"有火车走就好啊！你知道，古早以前，我们要从这里走到红山的玻璃廊做工，赚几毛钱糊口，后来做孵鸡蛋的工，还不是一大清早就踏着脚车到坡底去……"

然而，地铁建好后，他搭了好几回，也迷失了好几回。

"怎么连个看得懂的字也没有，像话吗？"我们都没有回应。不过，我还是尝试说服他搭地铁去火城看看——尤其是当他打听到，那排青厝还完整地保留了下来！

"我们是不是可以搬回去住呢？"外公问。

"不太可能，都给政府拿去了。"表弟说。

然后他坚持在加冷站下车，虽然劳明达站更近、更适当。

"加冷就是火城一带，以前就叫加冷，听说古早以前，印尼附近一带的加冷人就在这里进出讨生活……"

我们沿着横跨在加冷河上的钢骨水泥桥边走。

"这桥怎么换了呢？路灯也不一样了，你看——以前这里有大伯公庙，庙后是一排货仓，还有前面——怎么是家具店？以前是大华银行仓库。"外公沿途指指点点，我们唯唯诺诺。

"还有——桥下有鳄鱼。"

我们往下望，那种水色，不太相信。

"还有……财呀——"

他看到我们心不在焉的样子，便拉着表弟的手臂说道。

"以前你们常来这里替我寄家批到唐山，嗒！就是这里——福兴隆批局。"

印象中是一排热闹的双层楼店屋，如今仅剩下一片草地，有繁忙的地铁在下方穿行。

站在十字路口前，后方那片青草地，曾经是我们熟悉的广福古庙。

外公有点激动，喃喃自语。

"果然没拆，真的没拆，还装修得比以前更好……"他冲了过去，也不理会交通灯的指示。我们连忙尾随。

——眼前是一排熟食店，开在我们的旧家里。外公熟悉地来到靠墙角的地方，用他习惯的姿势靠着，要了杯浓咖啡，跷起二郎腿，抽了根红烟，好像是对表弟说：

"不搬就好，这么好的厝，我们可以再孵蛋，我们还可以……财啊——"

他看表弟起身，没注意听他说话。

"你去哪儿？"

表弟往后边的厨房走去，在靠近厕所的那一面墙摸索着。

"干什么？"

"还记得有一个时期登报要卖屋子的事吗？那时候不知

哪来的怪主意，我把一些买主寄来的信件都收了起来，以为这样屋子就卖不成了。——后来害怕被发现，就把信藏在墙洞里。"

其实那面墙早已在装修时给换了。表弟找寻的，只是一种说不出所以然的情怀罢了。

在这个曾经拥有过的地方，久留只会带来伤感，我们决定到别处走走。

青青厝边，有一堆碎砖烂瓦，我想那些信一定在里头，不过，何必去找回来呢？一切都无济于事，一切都不可能回头……

青青厝边，外公这么想，我们也这么想。其实——噢，其实我们都不想搬！

喵喵两岸

货舱外坐着一个女人，她以双手去清洗苍白的脸与苍茫的内心。

她说十余年前女儿遇见贵人并越洋远去后，她便经常在河边一棵番樱桃树下编织湿绵绵的梦——

梦里阿花过着锦衣玉食的生活，处处受人呵护，儿女成群，个个锋芒毕露……

而阳光一早就照到女人的伤口，是在生活边缘挣扎时不可避免的待遇，她必须起身——有铲泥机在前方狠狠地吼叫——已经多少回了，连个栖身之所也不能通融。

在艰难的举步之间，女人想起河南河北的舯舡，想起柴船头苦力们那因日晒柴染后带来的黝黑肤色，想起浑浊却流动着生命力的河水……她不慌不忙地穿越曾经车水马龙的街衢，这时她有了比平时更慵懒的姿态步过路中央，当然，无情的时空却不会因她的沉哀而静止——就譬如离河岸不远的交通灯前，人们总显得慌张与胆怯地横越马路——她有一种与时空格格不入的感觉，最终，她在桥头停了下来。其实，时空不管她的存在与否，这河，一切的活动力早已静止，除了那破坏力极强的铲泥机。

她决定不理会什么，闭上了双眼。须臾，她好像是听到了一阵阵熟悉的说书声，然后带来一次愉快的心情。这种感觉，只有在淡淡的月色下的八角凉廊边由一大堆人群才能围哄起来的气氛……怎么会有这种回忆呢？她继续往前走，企图去寻找什么可寄托的借口。

这时候女人那不甚灵敏的鼻尖也闻到饭香，以及鱼头混杂菜尾的气息。她知道前面货舱的老人开始准备供两三天膳用的食物，她也奢望能分享一丝温饱。

周围的同伴也陆续朝货舱走去。突然，一出刹车的动作在她的面前搬演，她本能地后退，感觉自己犹如每一只歹命的猫，在河畔萧萧的长茅堆中横陈着……

午饭后，货舱外坐着一只柴船猫，它以前肢清洗苍白的脸与苍茫的内心。陆陆续续地，猫说及十余年前女儿的奇遇——

多年以来，阿花及孩子们扬名海外后，这两天前来工作的铲泥机就是准备日后为两岸流浪的同类竖立塑像。至于搞什么命名比赛——嘿！我那孩子不就叫阿花吗？

她踱到河畔上，她以满足的眼神望向荡漾的河面。噢！这南方之河，无鱼失舟，只被遗忘，还未遭遗弃……

舅公呀，呸

　　我得赶回学校去。下午一时三十五分，莱佛士城内的玻璃桥上，同学们逛了百货商店后，早排成一字雁的样子，等待我归队。

　　"喂！Lucky，时间差不多啦！回去迟到了金毛狮王又要扑扑跳啦……"

　　"好，好，就来，还有一个馆……"在青红相间的牌坊前，我频频向桥上的同学示意。

　　"兴啊，来——"舅公站在不远处的大理石咖啡桌旁说道，"你啊你就是会喝什么——什么三合一的咖啡袋，什么'捏死咳肺'，看——这就是咖啡……"

　　我望着那横卧式的大圆黑桶，这是往日炒咖啡籽的用具。我想象着，那时候没有机器，一切全靠劳力，年轻的伙计抓住圆桶末端的手柄，在火热的木炭上，在一滴滴的汗水流下之际把咖啡籽炒熟……

我拿着一根细长的小木桨，端详了许久，不知何物，舅公得意地说：

　　"这根东西用途可大呢！炒咖啡籽时未必粒粒炒得均匀，它就是用来搅拌的。"

　　"喂，Lucky，时间不早了……"桥上的同学们又催了。

　　"好好，还有一个馆……"在"华族传统文化展览会"的牌坊下，我频频示意。

　　"兴呵——你看这个钟！"在广东馆前，舅公说道，"你看这生铁铸造的大钟有多大年纪了？哈，比你死去的爷爷还要老呢！"

　　"是吗？"我仔细地望了望，上面写着"光绪六年"什么的。

　　"光绪六年是什么时候？"

　　"哎，光绪就是——怎么说呢，光绪就是——"舅公想解释却毫无头绪。

　　"Lucky，我们要走啦！"同学在催着我。

　　"舅公，我得回学堂了。"

　　"也好，你先回去，我再逗留一下，待会儿有制木桶示范。还有，你来——"舅公把我拉到柜台，买了本《华人传统》画册，对着我说，"有空拿来慢慢看，你贫乏得可怜！"

　　在这片传统的大海里，我只在岸边徘徊……

　　赶回学校去时，英文辅导课早已开始了。

我们一群人悄悄从后门溜进。还好是第六章的长文缩短习作，事先已做好了，反正闲着无事，就独个儿拿了画册来翻看。

正当看得入神的时候，忽然有人当头一喝：

"符家兴，你在做什么？"金毛狮王向我怒吼。

然后，我的《华人传统》就毁在他手上。

"你迟到了又不用心做功课，跟我去见密斯特奥格斯汀陈！"

在奥格斯汀陈主任前我不知如何开口，与以往朝见他的同学一样，例常地签了名，罪名是"上课时间阅读不良刊物"，还要见家长。

回去后，我心慌，求助于舅公，而画册，我是无法奉还给他了。舅公正在呷咖啡，不知怎么的，我把事情原原本本地告诉了他后，他一痉挛，呛咳了起来，满脸通红。

良久，他深呼吸，呀呸地吐了一口浓痰，摇着手说：

"没关系的，你只不过丢失了一本书罢了。"他举杯——那杯杯香、代代香的浓咖啡，轻呷一口润润喉，"他们却丢失了一个传统！"

生命里难以承受的重

其实，我们只是想到对岸看看风景，吸口新鲜的空气罢了。

我们在岸边的树林徘徊与观察了好几天，然后选了一个风高夜黑的晚上，老爸带头，二叔押后，我居其中，静悄悄地出发了。

大海承受了我的重量，那种感觉，是有生以来最超然的轻盈。正当泅过半条海峡之际，远处忽然传来一阵阵马达声——很可能是水警！——我们急忙把庞大的身体潜入水中，只露出鼻子，继续呼吸。

一波波细浪过后，一阵阵晚风过后，我们准备在灯火疏落的水湄上岸，开始进行计划中的七日神奇之旅。

我们并没有携带足够的盘缠或食物，一切可省则省。当天晚上，我们必须确定登陆的地点。

"是德光岛吧？"

"好像是，我还看到几个阿兵哥。"

"是吗？那就是说，他们也看到我们了？"

老爸的猜测没错。——都是那些多事的阿兵哥，想必是报警去了！往后的几天里，总有一大群人来探测我们的行踪。

"我们回去吧！"二叔说。

"看看情形吧！让我们多逗留几天才回去。其实，你的婶姨们也想要过来，她们很向往这岸上的生活——这也怪不得，对岸村里不知搞什么发展，把整个大自然都给破坏了……"

"唉，其实这里的情形也差不多……"

几天后，事态开始严重了，我们好像被通缉了，一些熟口熟脸的缉捕人员都相继出现了。

这片绿色的生命里难以承受我们短暂的重，我们唯有逃离。虽然我们并没有作奸犯科。

过了三天——好像是三天后，筋疲力尽的二叔绝望地说：

"回去吧！"

"回得了吗？——你没发觉四周都是一双双追踪的眼睛，一个个无形的陷阱，就等着被捕好了。在这里坐牢听说蛮不错的，吃得好，睡得好……"

当天傍晚，我们全被捕捉了。虽然我一度惊慌拒捕，因为我害怕那些强烈的麻醉药。

我们听天由命。被遣送回去与否，任由他们摆布，只希望不要被提控为偷渡者！

　　我们怎么会是偷渡者呢？其实，在我们自由的大象王国里，只有深广的林野，没有国界！

所谓苍鹭，在水何方

　　转播站播映了一系列保护生态环境的节目，珍贵的镜头，精彩的旁述，生动的情节——苍茅、霜露、兽、风沙、人、蓝天、飞鸟——一幕幕地呈现在四方框上，而前方的小孩咿咿呀呀地拍掌：Bird，Bird……

　　旁观者描述了一片沼泽地。

　　克兰芝河岸一带，一群人戴着墨镜撑着洋伞，在那儿指指点点，听说是来自某部某局某署的计划决策官员，他们在蓝图与模型样本上，对有关计划做了最后决定，然后再例常地实地考察一番，以证实自己的决策错误得不太离谱或是趁机享受最后的自然景色，此外，也能更完整地呈上一份计划报告书。其实这是一片好沼泽——这里没有高耸的建筑物，或是工厂的电子仪器去干扰电视转播的质量。况且，在本岛建设此站，不会受到电力供应不足的影响，这的确是个建造新转播站的好地方，他们说。只需要赶杀几只鸟，他们说。

只有少数的鸟类受到影响，问题不大。很多人说……

旁观者描述了一位生态系的副教授。

Dr. X 说：苍鹭要在本岛找寻另一个完全相同的生态环境几乎是不可能的事。（可是我们将会有新的转播站来转播更多的生态影片。）苍鹭栖息区就可能因为转播站的兴建而永远消失了。（问题不大，我们可以人工再建造一个，蝴蝶梦幻园不就是活生生的一个例子吗？）苍鹭的安顿、繁殖与保护必须进一步的研究。（我们可以用钱买一大群回来饲养，不信你看，我们连熊猫都弄来了。）Dr. X 说：其实……其实苍鹭，你已走投无路！

旁观者描述了数架铲泥机。

天然鸟类栖息区与转播站并存的可能性是不实际的，高耸的树木会影响转播的效果。铲泥机是必要的。鸟儿在飞行时万一触到高压电线或被其他东西缠着，会造成伤害或死亡。铲泥机是必要的。两座转播台之间的距离须建在至少四点五公顷的无遮挡土地空间上，以确保转播效果良好。铲泥机是必要的。这里的土地十分有限，保留自然生态的费用过于高昂，何况，真正实行起来比进行太空工程还来得困难。铲泥机是必要的……

旁观者描述了两只小苍鹭。

夷为平地的"树林"，园林局的"抢救队"（有人追杀有人抢救，戏是这么做的！）终于找到二十五个巢，每个鸟巢有雏鹭三两只。老苍鹭早已仓皇辞巢逃生。可惜，由于器材不足，忙了一整天之后，获救的鸟数：两只！它们张开大口，饥渴万状，又犹是惊骇万千。啊，人，是人把它们从温暖的家栽入泥沼里，涂了一身泥，直打冷战……它们张开与头部不相称的大口，像是在高喊：滚！滚！不要演戏……

旁观者描述了一家银行。

银行认购了二十八个苍鹭蛋与二十六只小苍鹭，再为它们建立温暖的巢。这项行动与公园教育、研究及保护飞禽的宗旨是一致的。银行"关心自然"的计划去年十一月开始推行，是一项保留天然资源的长期计划。此外，银行也赞助了一系列关于保留本岛自然环境的电视节目，以及在银行内部推广使用"再造"纸张。银行还以印有鸟样的钞票付给环保节目的广告费……

旁观者描述了一群旁观者。

大家都袖手，坐在四方框前，AutoTurn，Stereo，啃鸡翅膀，观看新转播站给我们带来一系列蛋与翅膀的画面。兼葭苍苍，白雾茫茫，一群苍鹭快乐地嬉水。振翅飞翔前，有人看到其中一只系着一个牌子：1999。啊！出红字呀？是我们未来的远景？是它们出生地的代号？是领养的数目？是复仇的密码？是濒绝的年代？哦，是……是节目的时间太长，我们胡思乱想。我们已经麻木不仁。瞪眼，瞪眼，唯小孩拍掌，咿咿呀呀地Bird，Bird……

如何免费旅游巴格达

（以下的收录道听途说，不妨参阅，说不定与上述的旅游有关！）

"那个叫作希尼尔的听说被关在动物园里。"

"你是说凯悦酒店前那个指挥交通的印度朋友？"

"不！是那个现代诗写得极差却沾沾自喜而后偷偷改写小小说的那一个。"

"哦——那难怪了！听说最近他不小心得罪了动物界，写了篇什么《园の物语》引起公愤！"

"其实，他得罪的是园内的'人'！你没看那些人一直在强调同时期旅客的增长率吗？他们会满足于那一点小成绩吗？你懂得租一对熊猫要花多少钱？要等多久？嘿，这还不包括交情在内。"

"你是说那一篇文章影响了门票的收入？"

"我可没这么推论。不过——不过那个印度人，不！希什么的确确实实被关在了笼子里！"

"说明白一点，是哪一个笼子？"

"就是新兴、安安回去后留下那个还没被拆除的住所。"

"那么他是不会设法逃走了！那里吃好住好，怎舍得走？"

"那他每天可要吃竹叶？"

"不，说不定吃的是笋米果！"

"你想得美！——听说以人猿阿明为首的报复集团已计划了一系列的虐待行动。"

"那太不幸了！话说回来，他也太那个了——怎么不留在家里替《文艺城》挤一两篇小说，或者摇个电话，约老陈（瞒着太太）一起打几圈卫生麻将。再不然，那天一大清早，他也可以排队去打壳牌的免费汽油……总之，他怎么会到动物园去？"

"他可能是去寻找灵感。"

"太肉麻了！他那个样子像是纯情十足闲情八分地去寻找灵感吗？"

"听说，老陈要来拯救他了。"

"老陈？老陈不是去打麻将了吗？"

"二缺二，打不成，无所事事。"

"他有三头六臂吗？他能够通过阿明那一个名为'胡猩

疯暴'的阵线吗？——上有长颈鹿在监察，下有鳄鱼巡视，四处有猩猩埋伏，还有大象镇守，马儿备用……"

"对了，那'唠叨的马'张挥会来救他吗？"

"他有欠张挥的钱吗？"

"没有！""那么，可能性不大。"

"看样子，我们可以预先宣布希尼尔死亡的消息！"

"没那么快，有关单位还有一系列美名实验——就好像我们上生物课时解剖青蛙——的工作要进行。他的心脏、肾脏、肝脏等都会被移植到急需器官的动物身上……"

"他可以说是造福兽类，功德无量！"

"不过有关发言人说成功率不高。"

"为什么？是技术上的问题？"

"是他的心肠太坏。包括他自告奋勇的'捐精'行动，也遭到人与兽的拒绝！——你看他写的那本诗集，就知道他的遗传基因不好，写不出什么好东西。更何况，有没有艾滋病的病毒还是个未知数！"

"现在的问题是，我们要不要救他出来？"

"有这个必要吗？他现在住在宾馆里，是新盖的，花费一百八十千，比家里还舒服，他多年来都希望拥有一间公寓，现在不是如愿以偿了——更何况，你带了多少人马来救他？"

"……"

"有本事，去动员所有的猪朋狗友来救他。（靠得住吗？）忘了告诉你，他的妻舅那边的兄弟也不少！还有，他参加的志愿民防部队的同志也相当多……"

"我们是否可以布局成一次民防演习？"

"是啊！只要带半个黑油桶及几个灭火器来掩饰就行了。"

"你的想象力十分丰富，再把前面的一些桥段加入……"

果然，接下来的几个星期里，动物园里人山人海，大家围绕着一个猫去楼空的玻璃馆，你推我挤地，争看一个艾滋病带菌者的标准模样。每天头一百位与希尼尔握手的游客，可获赠（囤积的）诗集《绑架岁月》一册及免费赠送熊猫牌灭火器一个。最重要的是，第十万名"幸运"游客（请注意，只限本地游客），将可搭乘旋风 GRI 型战斗机免费旅游巴格达一趟，并安排参观飞毛腿发射台。

人山人海，大家围着一个展览馆，推推挤挤的，他们都不是来救希尼尔的，他们只是无知、好奇、贪小便宜、怕输的一群，唯恐来迟了，看不到心目中一个患绝症者的异态，以及得不到应得的免费奖品。此刻的展览馆却空置着，来做 Part-time 的希尼尔依旧无法挤进展览馆现场去工作。

这的确是一个不坏的办法，有一点可以肯定的是游客量必定大增！——先把这个 idea 发表在《文艺城》上，再看看希尼尔及有关单位的反应，别忘了提醒读者，有免费巴格达之旅的幸运抽奖……

浮城六记

狮

　　故事是有点老套。话说很久以前，有一位王子，在一回惊涛骇浪的海上之旅丢弃了王冠后，才得以平安地来到美丽的浮岛（其他细节参考《浮城纪事》前数章），朦胧中望见一庞然大物，身旁的人说那是狮子！狮子于是成为这次事件的唯一目击"证人"。狮子的传说，开始流传下去……

　　此后浮城再也找不到狮子的踪迹，人们开始相信自己的想象力。许多许多年过去了，就像"一代不如一代"的儿时游戏，城内的人们在隐隐约约的传说中，开始塑造一只奇异的动物——非鱼非狮的狮头鱼——没有人知道它究竟是卵生还是胎生？没有人知道它是否可烘烤或清蒸？（城内的人看到新奇的动物总会这么问！）听说，这头奇异的"东西"，曾引起世人的注意。那是一个不中不西的地方，那里有传统与现代在挣扎的努力，那儿的人有追求卓越与略带怕输的心理……这些双重性格与局面，也许与那"动物"有关，也许不。反正许多年都过去了，许多年来城内的人在努力寻找新的形象，"新雅"小狮是其中的一个例子。为什么整个浮城的人总是时时刻刻处在一种"备战"的状况中，似乎缺少了美丽的憧憬或是童真的梦幻？有一派人说，这是浮动坐标离岛症候群的一种难免的海洋性症状……

虎

故事是有些凄凉。1840年，当鸦片烟在遥远的北方燃起时，浮城的虎患已进展到变本加厉的猖獗阶段。从岌巴尔海军少将著的《东方群岛观光记》记载的猎虎队扛虎大游行的场面，到作家毛姆描述莱佛士酒店内老虎的故事的这段期间，浮城每天都有一人被老虎吞噬的消息传播出来。

故事的确有些凄凉。20世纪末，当乌烟瘴气在四面八方扩散时，浮城每天也有一人被市虎吞噬的记录。人们组不成猎虎队，还随时为了个人的便利或炫耀自我的特殊地位，不惜"为虎作伥"！在"优惠附加符"这一帖方杀不了市虎的增长率时，有关机构又来一招"拥虎证"，这么一来，让浮城的人们摇身一变，身份完全不同。不是吗？市虎兴亡，匹夫有责！

可是，这又跟减少惨遭虎噬的计划有何关系？有一派人说，这根本是"对症不下药"的做法。说着说着，其实浮城的人们都这么想——有空，譬如说在周末时分，让我们遛虎去。

蜂

故事有点神话。十多年来，这是一个非常不稳定的城市，城内没有高山大川，没有矿藏油源，一切都得依靠他人，远方若有人打个喷嚏，城里人就会感冒。然后，城内有人开始张贴海报，以蜂巢为志，工蜂为励，人人都高喊"提高生产力"，有点类似"学习雷锋"的手法——至于什么是生产力，如何提高生产力，如何计算生产力，那蜂群能带给城人什么信息等之类的研究，对那些贩夫走卒来说都不是很重要的。短短的十年光景，城人的努力并没有白费，浮城的经济成为了这区域的四小蜂之一。随之而来的，是城民以"暴发户"的形象活动在邻区时，却招来"丑陋的蜂族"的责难。——城内城外有识之士都说过去的日子里，文化的建设已被忽略了，优雅浮城的目标依旧十分遥远。而这些蜂族要以哪一类文化姿态出现呢？身为最大族群的黄蜂，长期以来在东西两边的花圃里徘徊了不少时日。近日，乌蜂和黑蜂也加入探讨类似课题的行列，这就是所谓的文化反思，有一派人把这类蜂言蜂语归纳为"大声嗡叫的少数蜂族的历史优越性"的宣泄。靠经济奇迹生存的浮城，百年后，究竟是浮是沉，还是消失在这个世界上？一切有待各个蜂群间的认同与努力。浮城一先知者如是说。

鱼

这纯粹是新闻。傍晚时分，河畔浮动的舞台上，狂妄的岁岁丰收歌舞前，浮城的领袖开始主持"年年有余放鱼苗"的仪式，向河里投放了包括金目鲈、尼罗红等在内的五千条鱼苗，据说其中一些已是半千克重的小鱼，不久后，浮城的垂钓者将可以在河边"大丰收"。上述是一则75mm见方的报章的报道。

那是清河十年后的某一次迎春节目。多年以来所有的热线服务都没听说过有垂钓者"大丰收"的消息，而真正的垂钓者不会到那一带去消磨时间的，长期以来，浮城的人都知道那是一条不适合鱼类生长的河流。几乎所有的地方，当人类后来"居上"后，生物就得退避"无舍"。清河十年，河清一时已是了不起的成绩了，当城民想念着鱼——还没有成为他们桌上的海鲜时，人们会在沿海以人工的方式饲养。下述是一则有关的小小新闻：

海滩近日出现死鱼，死因：环境压力！

环境竟然是一种死亡的因素。据初步调查显示，鱼只是因为生活在过于拥挤的网箱内，面对环境改变的压力，体质变得十分脆弱而患上一种Vibriosis的皮肤病而致死。

生活在浮城的人们，是否像箱网内的鱼群一样的拥挤？而海中河中的游鱼，能否像城内的人们一样的疏远？鱼不语。城内城外依旧有弃尸，鱼的，人的……

象

这不像是寓言。

三头大象涉水而来，仅仅为了目睹浮城闻名的景色与建设——这是每一个城民喜欢到处炫耀的成果。其实，它们只来到浮城外的一个小岛，就在布阱色诱的方式下，被射上了麻醉针遣送回去。不晓得会不会被控为非法偷渡者？而在大象的王国里，并没有人类那般无聊，到处划上无形与无情的界限。

还好属于象的传说里，也有温馨的故事。据报道，有一头公益小象终于找到一个温暖的家了，它的新家就在浮城广场的"魔术天地"里。那儿种有几棵"钱树"，上面挂满了注明银额的信封，城人可以把这些信封摘下，放入等额的钱，投入树下的桶里。这也许是一次魔术的过程。据说，这些钱将会流散到各有关的慈善机构去。

提到公益小象，总会联想到金钱，再推想到公益、慈善、不幸、残障、辛酸、爱、温暖。还有，好出风头的一群……每年春节，在一个现场捐款的节目中，我们可以看到、听到一个个响个不停的热线电话，一声声祝福与问候，一张张大型支票的转交，一直在跳动且直线上升的捐款数目……总有一大群人挤在一小段时刻里做慈善。

把我们的爱心更适当地分配吧！有一派人这么建议，譬如说，每逢周末早晨，公益小象会在浮城一角等待你，顺手摘个信封，放入什么数目都不重要，却别忘了封入你的爱心。

蛙

这只是个广告。"扑通"一声跳下水后，那身负重任的青蛙队长，开始在一片不知名的水域前进，然后来到了一段污浊、充满垃圾的水源里，队长高呼：这是浮城吗？

这怎么会是浮城？这怎么不会是浮城？多少年来无数个"运动"过去了，浮城的人们究竟运动到什么程度了？当世人都说环境保护是一场输不起的战役时，城内的人们是否依旧无节制地挥霍？或者说，人们除了关心外，还踏实地做了些什么？譬如说曾经种过一棵树吗？（为什么要种？树不是天生的吗？这样的问题随时会出现。）

没有。在庸庸碌碌的一年光景里，浮城内平均每人用了八十一千克纸量。从纸尿片到练习簿，从卫生纸到餐用纸，从报纸、杂志到影印纸、电脑纸——城中大小老少，每人每年净用两棵树。

没有。我们都没有补种两棵树，也没有人指望城人会这么做！（如何种？种什么树？该种在哪里？这样的问题不容易回答。）每年植树节，我们都快快乐乐热热闹闹地官民合作打成一片绿化一般。

绿化不停息。人人都这么想，又应该怎么做呢？青蛙队长，在空气中的酸性与二氧化碳逐年增加的年代里，浮城的人们如何去应变呢？在塑胶品的氯氟碳产物流行的时空里，人们如何去拒绝呢？你绝对不是在绿化清洁周才出来活动的队长吧？（快，快吃！别问这么多，桌上的"姜葱田鸡"快冷了！）

还是，还是多年以后，队长，你我坐井观天——一片晴空万里，万里晴空。其实，天啊，已找不到臭氧层了……

南洋SIN氏第四代祖屋出卖草志

"我把屋子给卖了！"

"啊！你们把老家给卖了？"

"连地皮在内，大概有整两百万元！"搞地产的细弟信心十足地说。

"我不会去签名的。"老爸感叹道，"看到那棵老榕树吗？是你老祖公种的，看着我们三代人成长的，怎能说卖就卖？"

"爸，您已签了同意书！就是上回在律师楼……"

"那不是签什么乐龄计划，开个养老户头吗？"

"是的，是把卖屋子的一部分钱填补入您的户头，让您能安享晚年。"

"是吗？你们怎么没说清楚？"爸有点气恼，"能改吗？哎！孩子，祖屋卖不得啊！"

"爸，这一带的地产最近炒得很热，若不趁势卖出，以

74

后可能卖不到这样的好价钱。再说——"细弟沾沾自喜地回道，"我已经在市场找到了一间组屋，并叫专人翻新与设计，肯定比这里好，您会喜欢的……"

"二弟，你过来，细心算算看，这祖屋能值多少？"老爸不理会细弟，靠在竹椅上，提起颤抖的手说，"就由这块横匾说起吧！天下为公——是孙先生的亲笔字；你老祖公当年是同盟会的成员，孙先生几度南来时，就曾在祖屋里与盟友会晤。"

我抬头望着大厅那略沾尘埃的匾额，它似乎标志着一个"抛头颅，洒热血"的年代。

"还有——"老爸轻拉着我的衣襟，朝后院的角落说道，"浮脚楼处那一片甘蔗园，就曾经救了大伯等一批抗日好汉，虽然后来，大伯在大检证期间被抓去毙了，连尸首也找不到，不过，他的衣冠冢，就立在榕树下……"

那是一段半个世纪血海深仇的余痕，我听起来虽然有点儿陌生，内心却涌起一股莫名的戚然。

"多年来都没告诉你，二弟，这大门上的龙凤吉祥木雕，就是你公公亲手刻的。他花了个把月的光景，赶在我与你妈新婚之前弄好的，所以……"老爸顿时接不上口，独个儿踱到院子去。

"所以，一个人静下来的时候，总会想起你妈，总会……不是吗？她难产那年，为保全腹中的细弟，她竟然，竟然……呵呵，二弟，你妈的骨灰，后来就撒在院子里！除非不得已，怎么会沦落到……"

"爸——"

"二弟，这老家累积了我们四代人的回忆与感情，怎么可以说走就走？你们年轻人即使住不惯，也要踏实点，犯不着出卖土地啊！"

"爸——"

"与泥土接触的感觉是不同的，住在高耸的组屋——我体验过——总有些浮幻、虚华……"

"爸，细弟说这里八成的人都住进了组屋，所以他已替你买了一间，在九层楼处，好像是五房式的。"

"是吗？那太奢侈了，你知道的，我已住惯了这里。"老爸以一种希冀得到支持的眼神望着我，"二弟，你用心算算看，这祖屋会值多少呢？"

"爸，你就成全细弟的心愿吧！"我回避他的眼光，并没有正面回答他，"外面正盛传，如果不抓好时机卖出，这地方迟早会被征用，到时候，价格就暴跌了！"

"所以，爸，我把老家给卖了！"

"哦，你们最终——要我从这个家，搬到一间冷漠的屋子去……"

阿爸，给您买辆车

我们的决定，事先没有征求阿爸的意见。

这一阵子，我们对颜色的选择，仍拿不定主意。

"就选清淡的白色吧！"四弟说，"还记得那年阿爸汇钱给你买的那辆二手车吗？不也是白色的！"

哦，那是多少年前的事了？不过，也多亏那辆老爷车，使我远在异乡求学时，免除了许多舟车之苦；然而，令人百思不解的是：阿爸从哪儿弄来这笔款项？那不是一个单靠省吃省穿就能储存出来的数目。

"款式就取最流行的，贵一点无所谓。"我说，似乎想弥补些什么。"不，给他老人家用的最好是保守点。实用耐久是他一贯取舍的准绳。"针对这一点，我不再说些什么。

"不过，别忘了查看是否装上合格的安全带、排气系统等；还有，顺便在车内安装附有智慧卡的阅卡器——听说，公路电子收费制就快要实行了……"

"那些做这一行的懂得怎么去处理。"四弟信心十足地回道，"这一回，他可以载阿妈到处兜风去了！"

"对啊！这些年来阿妈也蛮寂寞的。记得那年她积疾成痨，从端午咳到中元，全村的人都躲得远远的……"

"一方面也因为我们穷。"四弟自语，似乎也坠入同样的回忆空间。

在众多的号码系列中，安排了一组车号：

1359。一生无求，这无疑是阿爸这辈子的写照。

"还有，"我依然放不下心，"拥车证弄好了吗？近几个月来价格被市场上'怕输一族'推高成天文数字了。"

四弟先是一愕，然后拍拍脑袋说："哎呀！我倒忽略了，让我去问问看，弄不好就变成'拥车恨'了。不过他老人家那边需要吗？"

在一个细雨纷飞，冥蝶飘舞的季节里，我们以一种"树欲静而风不止"的心情，将——车——焚——祭！

而一生何求啊？阿爸，我们贸贸然焚车遥祭，显然忘了当年他老人家替驾车闯祸的四弟顶罪后，家中所立下一条无形的禁忌。就在多年以后，经过多方面的思索、考虑，我们决定在他年轻时当苦力谋生的新加坡河畔——也同时是车祸案开庭的前一天他选择长久安息的地方——去招魂拜祭……

祭祀前，我临时替阿爸弄了张驾驶执照，虽然他老人家生前连基本的交通规则都考不上！

我等到鱼儿也死了

我别无选择地在清晨的吊桥上钓鱼。

多少个日子以来的朝夕相对，我已在这不甚清澈的河上领悟到一种难以言喻的默契。

这总好过无可奈何地在家中跟一张张拉长的五官相对。

何况，看似古板的传统观念与新一代的想法在任何时代都被一条虽窄却深的"代沟"所隔阻了，任何事件的发生往往都对老骨头不利。

所以，清晨六时我就来了。

我刻意挑选这个老地方来钓鱼，只因为这里是我年轻时谋生的地带，虽然河上的舢舡都消失了踪影，只遗留一些供好奇游客寻访故河的仿艇。

河岸上也不容易遇到相熟的人，若勉强算得上的话——那是我把鱼线抛出后，在等待鱼儿上钩的时刻，随手、也可能是刻意（这种心理很难说得准）把报纸翻到最后数页，看到一两张面善的容颜，出现在一则则圈黑边的讣告或挽词之中。

"喂，老口也！这河里真的有鱼？"突然，一旁有个后生仔问道。

"应该有吧！"我望了望混浊的河面，不太肯定。

虽然，每年春节总有一批"大粒人"在这里放鱼作秀。不过，我志不在钓鱼，只不过是在完成某一种孤独的姿态。

"有钓过大鱼吗？"一个大肚腩的中年人问。

既然志不在鱼，又怎么会在乎大小？我笑而不语。

"河水这么污浊，钓到的鱼恐怕有毒！"

"有鲨鱼吗？"

"会犯法吗？"有声音自不远的身后响起，我有点心慌。对啊！这样的闲情垂钓会不会触犯什么法令？我对日益繁杂的法令感到十分恐惧。这下子会不会被捉去劳改？还是严惩、重罚，或者鞭打？或者多项兼施？

抬头向四周望去，我心跳得更快了，我的天！怎么吊桥上一下子来了这么多人？看样子我是插翅难飞了。

我故作镇定地把其中一条鱼线拉了上来，人群开始向我这边靠拢，这是一条长长的人龙，多么有秩序啊！像是经过训练的。

七早八早这些人来这里干什么？难道他们也有一本难念的经，别无选择地来吊桥上看人垂钓？

"是我的孩子叫我来的。"一老者十分委屈地说道。果然不出我所料。

"是老婆大人硬要我来的。"一个秃头佬满脸睡意地回应。果然不幸被我言中。

"我是代女友来的。"一年轻人十分自然的表情，让人们感受到爱情的力量。

"我们是来买'宋元明'的？"

"什么是'宋元明'啊？"

"听说是一个地方。"

"好像是指某个朝代。"

"也许是一座很灵的庙。"

"可能是一个有钱人！"

……

有人摇了摇头。

我把鱼线抛回河里，沿着吊桥上的人龙探索而去，好不容易让我找到了龙首。

——那是"宋元明文物展"！

好一个优雅的社会，我们除了排队买马票、买足球赛入场券、买廉价促销品、索取免费赠品等等外，终于，人们来看文物展了，而且是一大清早，排成一条长长的人龙。

我钻入人群中，柜台处的服务员正忙得不可开交。每人限买十套。通联车资卡。啊！怎么是车资卡？

"对啊！我就是要买地铁卡。"

"附送两张入门券？我可不要。怎么会有空去看这些死人的东西？太浪费时间了。"哗哗哗。有传呼机声不知传自哪一个角落，周围十多个"卡友"不约而同地望向、摸向腰间小小的"黑箱"。

"宋元明是什么人！怎么你也不懂？——哈，彼此彼此，如果是周星驰、张学友这些我就认识咯！"

"那到底是什么东西？难怪后面有人说四月尾这里就要关门大吉了。不过，到时候这套地铁卡就更值钱啦！"

垂着头我走回吊桥垂钓。

人龙朝文物馆蠕动着，但是他们不是去看文物的。

"什么是'宋元明'啊？"人龙中又有人问起。

垂着头我用力地拉起鱼线。

"有鱼啊！"有人禁不住地喊着。

是的，出人意表地，有一尾鼓胀着肚皮，不怎么挣扎的鱼上钩了。

"咦！怎么没什么活力的？"

"吃太饱了嘛！"

也许是吧！我翻了翻苍白臃肿的肢体，像是一种支那科的 SINGA 鱼。我按了按鱼身，拨开鳃，回望着好奇的眼神，略有所思。

"这尾是土生的，好像感染了'纹化冷膜症'。"

我把鱼抛回河里，随即浮了起来，鱼肚朝天。此刻，我别无选择地以同一个姿势，继续等待……

疯劫

——害了一大群牛与疯了一小撮人之后

空穴来疯：墓志铭代拟

躺在这里的，是千千万万位为正义而捐躯的同志，他们的英烈行为，给造孽者带来一场复仇式的浩劫，引发万物主宰者对同胞的自然生态重新检讨与关注，为下一代保留一个清白的头脑……

捕疯捉影：旧档案一览

疯从哪里来？

英国于1986年发现首宗"疯牛症"，当时怀疑是那些具有"天才生态学细胞"的商人改变了牛的三餐习惯，他们把（包括羊在内的）动物肢体残余如内脏和骨头等加工掺入饲料中，给"忠直"的牛吃。

据医学专家初步研究结果显示，一些患有"痒病"的羊残体让牛"消费"后可能导致"疯牛症"(BSE)；人吃了"疯牛"则染上海绵状病变体脑病："克雅二氏综合征"(CID)。如此长期"消费"下去，羊——牛——人——俱亡。

疯行一时：《牛郎周刊》报道

牛——这个默默劳作的族群，近个把月来已成为世界的风云牛物。

世人谈牛色变，多个国家谴责英国忘了东方有关牛族的一句古谚：吃的是草挤的是奶！改变牛吃草的天赋生态是引导人类走向灭亡的另一捷径。

另有专家指出，牛吃带有动物残肢的做法是逼不得已之举，许多农场面积有限，天然草谷的来源正逐年减少，况且大多数地方能畜牛的大自然已受到严重破坏……

初露疯芒：都是石油惹的祸

油盟分析员指出，疯牛症在英国肆虐的其中一个原因是，20世纪70年代初期第一次石油危机期间，商家为配合政府的政策而节省能源，烹煮动物内脏的热度大幅度降低，以减少能量的耗费，但危机过后就没有调回到正常的规范内，长期下来就导致食品和饲料的带菌率维持在一个危险的水平……

八面威疯：健牛士世界纪录？

疯牛大屠杀的纪录将会永久地记载在《健牛士世界纪录册》内。据传，有关单位将下令屠杀400万头肉牛，以恢复国内外消费者的信心，而总数共达1100万头牛的命运将会陆续依照最新的协议结果——加以处理。这个数目，与人类在南京城干下的屠杀行为，是大巫见小巫。

歪疯邪气：《牛约客》杂志号外消息

这份杂志在四周的号外报道说：日本真理教的成员曾组织"医药代表团"到英国，表面上是协助消灭"疯牛症"，但暗地里却收集与采购带有病菌的肉类，以展开分子生物实验，并策划另一次生物菌战，从而达到推行恐怖主义的目的。据称，多名成员已以身试法，秘密进行实验。

闻疯而动："色香美味怎么煮"及其他

据报道，有关节目将中断两期，以便作相关的内容调整。介绍加拿大式名菜《枫叶情》——以枫叶及牛扒为主料——的节目将割爱，以免引起一场"疯叶情"。为了照顾公众利益，节目制作组会考虑以下列动物的鲜肉作为替代品：鳄鱼、鸵鸟、袋鼠、幼象、美洲豹、鸸鹋、熊猫、鸡、鸭（后两者缺乏新鲜感）。

又，一些汉堡包快餐店也打算从上述名单中选择出肉牛的取代物。据传，市面上由于对鸡鸭之需求量剧增，在未来的三个月内有供应短缺之虑。至于国际野生动物保护组织，也向各国有关部门"晓以大义"，任何以非家畜作为替代日常食物的做法将会导致此类动物在地球上逐渐消失！

疯声鹤唳：巧妇难为无肉之炊

（开罗路边社）：尽管渥太华疾病控制中心的专家指出，近日来的"牛肉疯波"的另一种可能推论是"疯人牛不相及"，不过埃及一名主妇仍受到大众媒介的影响，因为害怕遭受"疯牛症"的感染，拒绝烹煮外国进口的牛肉。丈夫勃然大怒，竟然用刀刺伤妻子。男子已被捕，警方没有说明主妇拒绝烹煮的肉来源何处，不过绝大多数的市民都心知肚明。

饶有疯趣

之一："世界牛道奖"提名
印度一个宗教组织答应为面临屠刀威胁的牛只提供避难所，报纸引述该理事会一位官员的话："印度全国各地都有禁猎区，在那里，牛群可以顺其自然地活下去。"

他们深信，英国不会介意承担十五亿美元的运输费用。

之二："国际创意奖"入围

《柬埔寨×报》给英国出了一条消灭带菌牛群的 idea：把疯牛运到柬埔寨，让它们四处游荡，利用它们消除散布在各地的地雷。该报说："英国有一千一百万头牛，柬国则有数量不相上下的地雷，这肯定是解决疯牛与地雷问题的良方。"

流年

　　某年，"转流"工程正如火如荼地进行着，他被绕得团团转。最终，转不过身，落得自我流放。

　　奥格斯汀陈校长握手向他道别时说社会上需要像他这样大彻大悟、有自觉与责任感的后中年栋梁，学校这个场所太小，不足够让他大展身手。

　　所以他改行当起东奔西跑的的士司机来。

　　为了加强本区域的经济联系（包括充实口袋里微薄的佣金），他决定改驾罗厘，载泥沙；他还到长堤彼岸去载树桐，以促进两岸的友好商贸关系。

　　他多消费酒类，以确保国家税收有大量盈余。

　　他上夜总会、或者 KTV 酒廊了解不同阶层的（女）人的生活实况。他喝得醉醺醺地为了研究各种品牌酒精的威力。

　　他嫖妓以证明妓女问题受控制于一个可被认可的国际水平。他对此问题的探讨十分投入，就如某夜，他的例常作业进行得不顺手。

"喂！你的表现，怎么比驾罗厘的还要糟？"那个名不副实的女"公关"作赛后评述。

"我本来就是驾罗厘的！怎么？驾罗厘很低路？"他又发泄了，这包括沉淀在心灵底处的一股鸟气。

"你像个教书的！"

"我以前——"他接不下去，欲语还休。

某月，他开始有挺而不举的现象，这绝对不是怀疑患上艾滋病的恐惧，而是某回自我沉沦的当儿，他发现对方竟是他"转流"前教导最后一年会考班（华文理解与写作得分最高）的一位女生！

他下不了手，也下不了台。这位在作文里立志要当人类灵魂工程师的小女生竟然出卖灵魂给她的前人类灵魂工程师！她畏缩一旁，他退缩一角。一阵祖裎（坦诚）相对后，不约而同地夺门而出。

回去后他生了一场病。过后，他驾驶的树桐车翻了跟斗，还连累了路人。他的驾驶执照没有再被更新，只好量马路去了。

烂木也有三寸实心。他想。某日，他以碰运气的心情，来到华社自助会申请教华文补习班。星光灿烂的某夜，他终于允许走回校园，一股近乡情怯的感觉涌了上来。一切总得从头开始，用生疏的技巧，教他熟悉的第二语文……

空山五花

师父说今早的习题是"深山古寺"。

他愣了老半天，不知如何开始才好。

良久，他提毫沾墨，随心游移。

"你是在画五花肉啊？"邻座的同门略带戏谑的语气说道。

"是吗？"他有点儿泄气。实在没法子，以前是卖猪肉的，总会有潜意识的本性吐露。

他踱步于师兄弟的画案前，希望能有所启示。

多位同门画了深山一片。起伏疏密的程度不同，然后在山腰的古松旁，或是山顶的白云间，微显古寺一角，大小不一。

有一位则画了山峦一隅，溪水潺潺，两个小和尚正在打水。

另一位的画面是一座吊桥横越山谷，桥一端的凉亭处有松木两捆，扁担一根，让袈裟轻挂着。

无心作画的小师弟，随手在画中的山路涂了拙陋的小客栈，栈外的歇脚处一片狼藉，有空酒瓮、鸡肋等的残骸，一具化缘的木钵遗留了下来。

他感到十分苦恼，面对着自己的宣纸，茫然失落。

"师父回来了！"

"啊！"他如梦初醒，都过了一炷香的时刻了，想必师兄们也累了，赶紧添送茶水去。

师父在画室巡绕一圈后，若有所思地低喃："还是竹肉荣的领悟力较强……"

"师父，是猪肉荣，非竹肉——竹心已空，怎会有肉？"小师弟说。

"嗯！竹直心空仍有节，就是这个境界……"

师父再度走到画前：

"我感应到有一阵雪花，由苍穹骤然而降，像似散落的佛法、待解的经文……"

"哦！"他如堕入十里迷雾中，他把茶水送到师父那儿，异常战兢：

"师父说的可是弟子的那幅五花肉？刚才，是我不小心打翻了托盘，水在肉上，随意泼成了雪花……"

例常会面

例常会面例常在快餐店里进行。

上完了学生军的训练课程后，本来想与队友德昌到购物中心溜达去；不过，我们都有各自的"午后节目"，便在地铁站处告别。我直接来到麦当劳，朝紧靠落地窗的座位走去。

阿爸已在那儿大口地啃着巨无霸。

"你妈还好吧？"爸口齿不清地问道，算是例常的开场白。

"还好。"我随口回应，"昨夜她的手气不错，自摸了一回十三幺，一次小四喜，今早塞给我三十元，说是给我买Nike球鞋。"我望着爸，他摇头，脸上略带无奈的惋惜。

"三十块只够买鞋垫。爸，这也不能怪她，美容店的生意差，有一个股东又跑了，她需要一些资金来垫底，只好去标一场会。"

"哦！"爸没说什么，然后喝冰冻的柠檬茶。

"我按月转过去的费用够吗？"好一阵子，他问了另一道例常问题。

"够！够她买一只小狗。她说老的弃她，小的气她，唯有小狗最听话，每天会对她摇尾巴……"

"唉，话不是这么讲，都这么多年了……"然后他叙述了好一大段我来不及参与的往事。

我静静地听，一口一口地吃着薯条，眼睛瞪向窗外。

"咦！爸，你看——那边是我的同学德昌。"我往对街的方向指去。

爸眯着眼望了一阵子，然后抬起手微微挥着。

"爸，您认识我的同学？"

"嗯。不，是认识你同学的妈——也可以说是你的后妈，去年我们结了婚……"爸语焉不详。

"你那位同学——德昌，是你后妈跟她的前夫所生，现在德昌跟爸爸住。我猜想，他今天也在跟妈妈作例常会面。"

我狠狠地咬一口鱼柳包，脑子里十分困扰与混乱。

"也许我得回去了，妈——我是说你的前妻——正等着我回去替小狗洗澡。"

爸起身陪我走向店门外，然后拍着我的肩膀说："我们应该好好地沟通沟通。"

我茫然地踱到街口，车来人往，十分热闹。好一阵子，我的同学，不——异父异母兄弟也从另一间快餐店里走了出

94

来，我们不约而同地朝街心的交通岛走去。

"喂，改次我们可以一起来进行例常会面了。"德昌也许不了解我的意思，不过，以后他会懂的。

"今天你有什么收获？"我问。

"我妈给我买了个 GSM 流动手机，以后可以更好地联系。"

"老爸给我开个 internet 户头，以后可以多沟通。不过，我们真的需要吗？"

"嘿！你说什么？"

站在交通岛上，熙熙攘攘的人潮淹没了我们的声音……

光明前书

阿爸请回避！

黛安娜和她的教友就要过来了。相处易同住难，少见面对大家都有好处；何况，我们新迁的公寓她也占了一大半的股份，不像住在三巴旺的老家，您是唯一的屋主，这间千二平方尺的寓所，只有储藏室是用您那一小笔剩余的迁徙赔偿金来装修的，对屋子的拥有权起不了太大的作用。

凡事总有得商量，您就委屈一下，暂住在工人房好了，等我的王妃——不，我是说黛安娜与她的教友离开后，我们再移到客厅去聊聊。毕竟，我与黛安娜的婚事，都得到您的首肯与支持，您也希望"从此，王子与王妃就过着幸福的生活了……"

我们幸福的生活据说有一道小小的障碍。黛安娜说您在三哥与六弟那儿轮流住，不是被奉养得好好的，怎么又要"轮"到我这儿来？挤进我们的二人世界。这间公寓，看似美轮美奂，却是我们东借西凑换来的，每一寸地与墙都是精打细算再给予分期付款；您的到来，总觉得……我是说黛安娜总觉得没有十足的心理准备，况且，您的存在，令她崇高的信仰，有一种格格不入的感觉。

阿爸，今早我们的女佣已住了进来，您也不适合住在工人房里；您看看如何？到 store 去回避一下！

至于将来，我已向光明山那里替您 book 了一个位子，您那儿的朋友也多，只要手续办好，我就把您请过去。就在今夜，阿爸，请受我一拜，烧一炷香，把您的灵位移到 store 里去。

笑忘书

这是第四回接到"哀的美敦书"。

一夜之间,我的"酒窝"(他们说的),被彻底拆除,那些陈年老酒都被弃之后巷。

我像是被判了不能上诉的死刑。那些酒,不,那些书,是我多年以来的精神食粮啊!

他们说我长期耽溺于书堆如酗酒,而且是严重的"酒精中毒"。嗜酒(书),藏酒(书),都会让人思路不清,意志消沉。

就这样,我的书窝改装成麻将小筑,他们把我软禁其内,以达到应用在嗜毒者身上那种"冻火鸡"的速成效果。这期间,他们还十分通融,允许一两位"竹林七闲"来"探监"。

某日,我又惹上麻烦了!

"哪儿弄来的?"有人一脚把那本损友从后巷弄回来的

线装书踢开。

"我——我——"我顿时不知如何是好？

"哼！竟然敢在床上——嫖——书！"

那本绝版的《金瓶梅》，随手被抛到楼下去……

我来到了马尼拉

裕民老弟①如晤：

20 世纪的 90 年代（准确的日期是 1991 年 4 月），你提议说：假如你到马尼拉，一定要到新加坡街逛一逛。

终于在 2002 年 8 月间，我和几位文友来到马尼拉，作一回"文学之旅"。一抵达酒店后，我就坚持要到新加坡街，去尝一尝"林太福建面线羹"。

这里的"老马尼拉"，只知有王彬街，而不晓得有新加坡街。你上回的书信，并没有明确地透露新加坡街的位置所在，我只好去"摸索"。趁着开会期间的空当，溜出去找寻

---

① 裕民老弟：指谢裕民。谢裕民的微型书笺《假如你到马尼拉》写于 1991 年 4 月，收入在极短文集《世说新语》（新加坡潮州八邑会馆出版）。文中描述了一条"新加坡食街"及一间"安溪福建话中心"，由回国后的菲佣保留了我们的"文化传统"。

传统的膳食。

漫无目标地瞎闯了半天后，终于败兴而归。路经一座百货商场，在那里购买饮料时，无意间让我发现一家卖"十样面"的餐馆，趋前去打听，原来卖的是亚细安国家的十种膳食，包括新加坡的"叻沙"、Mee Goreng，我猛摇头，比手画脚地示意要找的是面线羹——福建面线羹——林太的福建面线羹。

Madam Lin？——后边的厨房有位像是主厨的女子走了出来，一阵迟疑后，她指着左边的商场：直走一百五十米，左转，再左转，向前看，就是新加坡文化街了。我望向她，噢！那女子竟然是"索咪"，那个在新加坡被大伙称为"奶妈"的女佣！

索咪说她已把那间"林太小厨"顶了出去，自己则走向国际化，亮起亚细安"十面埋福"的招牌，搞得有声有色。

我顺着指示拐了两个弯，看到一家热闹的女佣代理处，有不同肤色的人正在排队登记，后来我才弄清楚，这些人都是带着孩子来寻找前女佣的，就像过去那些驻扎浮岛的英军回来找寻前女佣——我们的老祖母辈——的情况一样，当年那些红毛人的心态与我们这一代人的心情会是怎么样的？我捉摸不清。也许是怀念宾主之情，也可能是追索失去的传统厨艺，或者为自己找寻失去的奶母爱（那些忙碌的浮城职业妇女所丢失的）。还是——

我再往前走一段路，就看到一间酷刑展览间，我想日军当年也侵占过菲律宾，这类的展出可当作是公众教育，揭露战争的无情（就像十余年前我们举办过一次"昭南岛沦陷五十周年纪念展"一样）。有不少酷刑用具的展示，譬如有藤鞭、裤带、高跟鞋、榴梿壳、香烟蒂、破酒樽、面包刀、弹珠、利剪、修指甲器、竹竿、雨伞、性器官振动器……我的天！那四种语言的说明牌子上列明——这些都是我们虐待女佣所用的道具！

　　我佛慈悲。夺门而出后，我回返奶妈——不，索咪那儿。索咪给脸色苍白的我做了一碗热腾腾的"福建面线羹"。

　　而裕民你得亲自来尝尝，索咪似乎尽得祖母厨艺的传授，"林太福建面线羹"十分地道可口，面线的韧度适中，羹的浓度恰好，我猛呷了三口后，却又想起那逼真的酷刑用具。索咪说展览馆正在公开收集最新、最酷的刑具，如果左邻右舍有什么新玩意儿，不妨寄来，如果体积太大或太重，可装箱由海邮运来，有关展览单位会负责运输费，别忘了留下联络地址，听说有 LuckyDraw（这方法相当有效），可以免费双人旅游马尼拉五日，顺道也可物色及 interview 新女佣。

　　我的马尼拉之旅也不完全是免费的，我得回去开开会，亮亮相，说说话，以示存在。匆匆。再聊。

愚兄谢惠平

2002 年 8 月

大家学潮语

我们赶在新的一年来临之前，努力学潮语。

有人告诉我，电台958晚上八时有播放十多分钟的方言节目。"有没有潮语的？"

"有的。有好几种方言，不过全都是新闻播报，每种只播出几分钟罢了。"

"要不要去complain？这样的安排cutdown了我们学习家乡话的机会。"

"老弟，有得听就'偷笑'了。你去complain，弄不好变成干扰——不，干涉政府的policy了。听说隔天早上也会分阶段广播，播放时间仍然很短，不过总好过没有。"

"请不要cover有关单位僵化的缺点。学不好潮语，无法有效地沟通，损失可不小！"

"向你舅舅学吧！"

"他是制度更替的过渡怪物——英语半桶水，华语讲得

'一块一块'的,马来语却是'断断续续',家乡话没用心学——如今,成了'四不像',也无从懊悔。"

"有心不怕迟。"为了保留传统文化,尤其是在这年关来临之前。为了保留一丝希望,我们快马加鞭,同时也向几位老人家求救,学习得不亦乐乎。

医生,包括许多相关与不相关的人士都预测,躺在加护病房的老祖公就快要重新确定他的 will——就是遗书,不,是遗嘱的时刻。听不懂他的潮语,不了解他的愿望,无法与他沟通者,都一律靠边站,而且,也无从 bargain。

医生说(善观脸色的律师也说),他们都不排除这是与老祖公一同度过最后一个年关的最有可能的最佳时机。你们说急不急?

学潮语,老祖公的母语,first priority!分家产时,才能排第一。哦,都快晚上八时整了,暂时离开电视荧光屏,让我们听广播学潮语去!

校庆

"是十周年！"

在一次例常会议中，我们（其实是校长）随口决定了今年校庆的周年数字。

"怎么不是五十周年呢？"一向不开口的老陈抑制不住内心的激动而挤出一句疑问。在"沉默就是表示支持"的情况下，众人都转移了话题。还好刚走马上任的校长正视这问题，清楚地解释：

"阳关中学从当年的乡村搬到旧组屋区，再迁移到新镇，为了树立新形象、新作风，推行新教育方针，才改名为'阳光'中学，换了以忌日（校长，是旭日）为背景的校徽，以示朝气蓬勃。（天啊！那不是'哈日'吗？）为了抛开旧文化传统的大包……包（是包袱），我们决定向过去说再见，决定不再同过去有任何瓜哥（瓜葛）。我们的校史就从搬来新镇算起，让过去 Gone with the wind！"

"真是高辗（瞻）远蛀（瞩）！"玛莉莎黄主任拍了一下马屁说道，"不过，听说有校友也要来参加校庆。"

"那很好啊！有什么不妥吗？"校长问。

"是我的舅舅，他是五十年前的老校友。"

"啊？不能！那些人 too old，与他们 associate 在一起，会破坏我们辛辛苦苦建立起来的 new millennium 的形象。"

"是吗？当年的阳关私立中学，也是那些老家伙辛辛苦苦建立起来的！"一旁的老张忍不住，有心无心地回应并提醒与会者，"别忘了，他们都会捐钱的，数目一般都不小。"

"哦，"校长迅速把舵一转，"也好，你舅舅那一批人，就成为 Associate Member——准校友吧！不过，我们的校庆仍旧以十周年为准。"

校长把眼光投向老张这一边："别忘了提醒那些老人家，支票是开给'阳光'中学，不是关闭了的'阳关'！"

"是的，校长。"老张以秉公行事的口吻答道，"我们会劝君乐捐一笔钱，不然的话，新筑阳关无故人。"

旧梦不须寄

大客户到广州去设厂，我们的公司也跟着去，以提供更直接的"周边产品"服务。

正如大家所料，安东尼被派驻守该厂，并充当市场开发经理。他最大的优点除了有干劲外，就是对中华文化"只通了六窍"，——所以没有"文化上的包袱"，凡事都以比较冷静与理智的角度去处理。

由于物料的采购，总得在中国内地、台湾、香港以及新加坡四地进行，以达到"质优价廉交货快"的要求；许多样品的测试与呈报，因时因地因物类而异。

由于行踪不定，采购部的伊丽莎白蔡总需猜测他的行程，而她的时事常识也属于"有限公司"，要安排寄样本给他去参考与测试时，总弄不清中国台湾与内地的异同与渊源（还有国民党，是不是跟我们的行X党一样powerful吗？）有人告诉她有关"马关条约"的历史伤口，她只能联想到"马关"说不定是一种很酷的百年内衣品牌，或可能是一种很好吃的日本鱼。

到底现在寄货去"香港"时，要不要填上"香港中国"这个字眼，她并不十分肯定。（安东尼你 decide 后再 e-mail 过来好了。最好是旧名不须寄。）至于广州，她还有一点印象，自己（听说）祖籍是广东人。中国又与中华民国有什么不同？有时为什么又写成"中华人民共和国"？有时又说是去内地，也有时候称为"中共"。——什么？就是共产党。（跟我们的 X 动党有差别吗？）追随马克思？（Marx4？是哪一支顶尖流行歌手的组合？现在流行的是 F4。）

So，现在寄 Sample 去 China 时，Form 的最后一栏只写上"中国"就行了？

"还有，我刚收到一个 big size 的邮包。"某日，伊丽莎白通知安东尼，"寄信人好像就是你，不过，地址也蛮怪的，上面写着'新加坡人民共和国'。"

一课将尽

你是这个年中假期最令人羡慕的老师了。

不必为会考班的同学补课，大可带着孩子们到国外旅游去。（怎么没来电邀约同行？只要旅费不太昂贵，到哪里去都行。）——没心情？你低声回应："更何况，院方已安排了一系列的进修课程，还要替代其他学科的老师，带球队去比赛。"而不用上补课的优质客户（你是指学生精英），还特地前来同你confirm与表示感恩，确定不用再上你的辅导课后，同学们都难掩发自内心的喜悦。你挥了挥手。

去吧！还是其他学科重要，更有谋生的价值，更何况你的课程指导纲要也完成了七七八八；所谓为师带入行，以后的造化看个人。朴实的同学在现实社会的染缸里，难免会做现实的短暂抉择。

然而，你仍驾着那辆二十多年车龄的甲虫车到学院去。（你同时打了电话给几位朋友，包括我，大家都抽不出时间，与你一起吃顿午餐。）你仍得出门去，总之，赖在家中很难向家人交代不用上课的原因。一种很难拿捏得准的心情变奏，浮现在"上班"途中。

在快速公路上，你把车一拐，驶到东海岸公园去。你在防浪堤上独坐了一个下午，海潮拍岸，浪花义无反顾地盛开、毁灭。有海水的地方就有华人，有华人的地方就有……（不知从哪儿听来的，也不知如何接下去。）退一步海阔天空啊！你走回木麻黄树林下，摊开一张旧报纸，躺下，一本闲书还未把心情翻阅，已困极"沉思"去。

依据你传来的SMS，找到你流落之处，像卡夫卡《变形记》中的一只大甲虫，你蜷缩着。踢了你一脚，略有躁动，久久，却翻不过身来，一阵惶恐的表情，脸上还沾有几丝枯褐的针叶。你不是担心会失去一份教职，而是忧心丢失一脉文化。

你被我拉起来后仍神志恍惚。那张铺在枯黄草地上被压得皱烂的旧报纸恰好有数则关于华文ABC及大学新入学条例的新闻。你一手抓起，随手揉成一团丢到一旁的垃圾箱内。

重回海边，让刚才因困睡而汗湿的上衣给海风吹干，然后赶到小贩中心买了两包精英蛋炒饭。（我也要了一包。）你突然想起同学们与你分享一则"倾巢完蛋"的新成语解读，你苦笑。（同学们的创意蛮高。）你驾了那辆"欲杀未杀"的甲虫车（当初买这部车时岳母也帮了一把，这当中带有一份情感）来到岳母家，你拉高声音呼唤，有老妇人开门，接过晚餐，顺口问道：

"今天怎么这么迟啊？"

"噢，下午给同学们多发了一些华文备考习题，他们都勤于发问，耽误了一点时间。"你自然地回应，言不由衷。你叙述的是刚才木麻黄树下的一截白日梦。

王朝继续沉淀

　　我们到甘榜格南的某市镇会询问。柜台的小姐放下手机却没有挂断，以一种催促的表情望着我，我说明来意。

　　"哦，要等一会。"她继续谈话，内容像是与订购金城武的《如果·爱》的戏票有关；我无意八卦，只因等了太久。谈笑间，她仍然能从身后的架子取出一些琳琅满目、五颜六色的小册子并摊开来。我翻阅一下，都是垃圾资讯。

　　"嘿！什么？都不要？"这回她迅速挂了机。

　　"非我所需。"

　　她回身，到另一间 Office 去，像是向上司请示；再回来，在电脑终端机前浏览了一阵子。

　　"Sorry！再说一次，关于什么姨？哦，满——满者伯夷王朝的资料？本市镇会没有，你可以到国家图书馆找找看，就是新建的、很 grand 的那栋 Building。——不过，这里有一些关于 Merlion 狮头鱼的旅游指南，要不要？说不定这头怪兽与那什么伯姨有关联。"

我摇头。相关的垃圾太多。

"要不要？这里有'读者—好姨—皇朝香米庆佳节'的社区活动海报及资料。啊，——不适合？没关系，我们可以替你向Media-Corp查一查。"

我摇头。太多的相关垃圾。友人手上某外国大学的南洋地方志问卷辗转了数回仍一无所得。陌生的问题，迷失的答案。我们蹲在梧槽河的石栏杆边，水位低浅，在这个历史沉淀的地方，一朵黑云朝皇家山的方向飘去。

不知不觉来到历史的后院，有点荒芜，站在时光隐蔽的另一端，发现一个旧皇宫，住了年迈的族群。因为着急，索性跳过河堤，绕过小丛林前去探听，与静观衍变的一只蜥蜴相遇，它愕然掉头，带着惨绿的身影回避。同行的友人暂放下了心。

我仍放不下心。《浮岛卷》的"人文概况"仍未有眉目。王朝继续沉淀；地方略显浮躁，只能继续——

遗忘历史。

诸葛亮的手机没有响

"是谁把那大肚子的女人给推下楼的？"

"听说是张飞干的！"

"怎么又是他？上头交代过：努力追债，人只能迫，不能害。已经告诉你，不可让他一人行动，现在闹出人命，流产啦！报纸都登上了，太破坏我们这些 Private Banker 的形象。对了，事发之前，有没有人通知诸葛师爷？"

"他们说有打去请示，有一次是手机有响没有人接，另一回是有红毛女人的自动 Reply，师爷没接上，还有一次完全没反应，可能是没电池了。——总之，Try 了很多次，我们的关老二迫得很紧，每天都有 Target 要完成，只好先行动。"

"嘿，之前诸葛亮是怎么吩咐的？我们必须针对目标，查清债主再动手，用文明的手法去进行，这样才能提升这一行的专业水平，像你们这样，把事情给搞砸了！——告诉我，那孕妇是不是债主？"

"是——不，不是，应该是债主的老婆。"

"债主的身份、住址确定了？"

"楼梯口有告示说原来的屋主已搬走，哪里懂得是真是假？"

"就是说没确定。有没有贴大字报、喷黑漆，譬如喷上欠 $ 还 $ 的？"

"有，还用了不同的 colour。"

"被抓了你等着鞭屁股。有没有用铁链锁大门？"

"做过了。"

"有没有挂猪头？"

"还没有，不好找，又太大，不方便带，容易被发现。"

"有没有敲门敲窗神出鬼没地恐吓？"

"做过了。"

"有没有注意闭路侦察器？"

"好像没有。"

"上述的手法都过时了！时代已改变，新世纪债主的类型全不一样了，他们都是有钱的穷人！怎么可以用同一套手法？没有 Attend 过诸葛师爷的 Course 吗？他那一套《e 世代大耳窿的信贷艺术与管理学初论》有没有好好地研读？"

"不了解……"

"丢——不就是一般银行所采取的手段，只不过是他们在明我们在暗；银行追债需要喷漆挂猪头的吗？猪头。"

"……"

"丢——到底联络上了诸葛亮吗？哼，还没有，你打什么号码？"

"9××1999。"

"那是另一个跑腿猪哥亮。记住，诸葛亮的号码是9××7999。现在打去认错，请假，避避风头，还有——"

"大哥，我们都知道，要提升，AttendCourse，努力学习追债的艺术。"

"别忘了送花去慰问，做深切的反省，像某些政客一样，做做戏。诸葛亮的SMS这么说。"

如期开业

出门前，小柔总会如此提醒：

"妈妈，手机要拿。"

"知道了。"

"妈妈，钥匙，还有安全帽。"

"你比阿嬷还啰唆。"我提了化妆箱，骑机车到市区里上课去，只要多一次的培训与实习，就正式结业了；领取执照后，可以开始接手第一宗生意，而不是永远当个助理员。

近日流感病毒在各地蔓延，由于家中的男人多年前已离开，把小柔暂时寄托在阿公家是让我较放心的安排。然而，某个深夜的一场人为疏忽，叫我伤心欲绝！

在警署现场，我满脸都是惊吓的泪，值勤的警员安慰我别过度悲伤；怎么不会悲痛呢？五岁的小柔陪过生日的外公去庆生，晚宴结束后，在回家路上，不明不白地被一名男子酒驾撞个正着。本来嘛，那天上完最后一课后，要到苗栗的外公家去接她，一同到附近的小吃店买冰淇淋去。

"小柔啊——"我的脑袋一片空白，跪倒在地上，一旁的女警扶住我的身躯；好一阵子，我对肇事者，以及周围的人这么说：

"以后不要再有人喝酒开车，我希望我女儿是最后一个。"他们对我没有歇斯底里的表现、没有扯打肇事者的做法深感不解。

"两只老虎，两只老虎，跑得快，跑得快；一只没有耳朵，一只没有尾巴，真奇怪……"手机里小柔的歌声天真地唱着；被警方逮捕了的肇事者也跪下，只是无济于事呵，她再也看不到心爱的芭比娃娃了。

警员有意无意地，没有面对着我。

我拉着她制服的一角，说道：

"带我到验尸所吧！我要领她出来，让我好好替她打扮一番。"

女警面带歉意，有点为难的感觉。

"我刚考取礼仪师的执照，好歹让我完成这项专业工作。——就当作是创业的第一场作业吧！我会替女儿净身、更衣、上妆，为她别上美丽的蝴蝶发结，再让阿嬷帮她擦上喜欢的口红。"我再想一想：

"——还有，阿嬷会烧一些课本给她，明年就要上幼稚园了……"

118

因为小柔，我对礼仪业有另类的领悟。生命的意义在于尊严及爱的传递，与长度无关。

她的生命如此短暂，却如此圆满；最后一程，有妈妈贴心的相伴。

（注：2009 年 5 月 TVBS 新闻报道：妈妈考上礼仪师／稚女隔日车祸亡。叙述一位女礼仪师的人生变数与变奏。）

巴刹外的书法

这一次的乐龄援助计划选定在巴刹暨小贩中心的周围一带举行，大部分的临时摊位都分配出去了。居民委员会（RC）刻意安排在庆祝中元的期间推出此项计划，听说这样的做法能带动人潮。在星期日的早上，果然是人山人海，叫卖的叫卖、擂拢的擂拢、美指的美指、赌押的赌押、卖膏药的卖膏药，大家忙得不可开交。

只有那最后一刻才凑上一摊——摆卖中华书画的生意最冷淡，陈老师虽然在摊位内聚精会神地沾墨挥毫，围上来欣赏者寥寥无几。他本来写了一幅"也可以清心"的字样，做了不同文体的书写，想展示给恰好经过的路人、买菜的主妇、遛狗的女佣、好奇的锡克佬——这诗句可以做不同的排列，如"心也可以清、可以清心也、清心也可以"等，除了展现方块汉字的书法之美外，也体现了其灵活与多义性。

几个年轻人围了上来。

"Uncle，toilet 在哪里？"

"前面摆香烛的地方左转。"

"还有，可不可以替我们看一下小狗？"

"就把它绑在桌脚处好了。"反正闲着也是闲着。

"阿伯，你看到我的孙女吗？"有一位到巴刹买菜的妇人气呼呼地朝他问道。

"好像有，又好像没有。到右前方的面包店去看看吧！那里有粉红色的哈、哈啰吉蒂猫型的电动车。"陈老师本来想挥写一幅苏东坡的"水调歌头"的字画，不过，在此地看来是曲高和寡。他拿了一叠事先准备好的较小张的金箔红纸，写了几个不同字形的"福"字，及一些吉祥的贺词。

"嗨！Uncle，thank you 啦！狗狗还给我。咦，这是什么字？我们读的 Higher Chinese，都没有这么 chimp！"

"这是'招财进宝'，把四个字拼凑在一起，成了一个美术字，方便贴在门上。"

"是吗？那给我一张。"其中一位同学很兴奋，"送给我老爸，贴在公司的玻璃大门，肯定会 good luck。多少钱？——诺，不用找啦。"

这是从早上开摊的第一宗生意。又有一个中年妇女走向前来。

"Uncle，你在开美术班啊？什么？书法？——什么'输'法？ChoyChoyChoy！开美术班我就替女儿报名，她的补习时间还有一点 slot。"

"汉字是一种古老的象形文字，也包括了图案，以后发展成表意文字，多数的人会从其构成法如会意、指事、形声、转注、假借等方面去了解中华文化之美。"

"是吗？上个月我们到云南去尝美食与 shopping，导游就好像介绍过有一种 NasiPadang，还是巴东咖喱——"

"嘿，是纳西族的东巴文化，跟印尼的巴东佳肴没有关系。"有人插嘴解释。

"总之，他们的文字里也有图案，我还买了印有这种图案的 T-Shirt，相当 cheap。看来，是他们抄 Chinese 的'大象文字'……"

"是象形文字……"背后有听不顺耳的人在插话，陈老师来不及应对，只是顺其话题回道：

"那是世界上另一种文字的活化石，能够表达细腻的情感，能记录复杂的事件——"

"喂！ Girl Girl，快回来。"那妇人走远去了。

陈老师憋了一早晨的尿，不知要不要去疏导一下？在旁边观望了好一阵子的一位中年红毛人走上前来说道：

"那一张我要了！"哈，这老外还会说中文。

"就是那张'心也可以清'的字画，近日心情与工作都不顺心，把它贴在家里，每当品茶时，可增添清心之意境。"

陈老师略停顿一会儿，抬头，取下字画：

"For you！Our Chinese culture 与你偶遇，不觉此字之陋，但觉此文之博；书艺只送知音，不出卖。"然后，陈老师离摊——撒尿去。

新阿里巴巴

　　住在南部河口的甘榜，近百户聚居的人家都没有正式的地址，大家都共用岸边桥头鸡蛋店铺的门牌。

　　许多人都不太喜欢复杂的数目字和豆芽字，除了买十二支与马票时才勉强用上，反正住家住址就是金凤村81K。

　　这阵子连续下了三天三夜的绵绵细雨，什么事也不能做，大人们串门去，孩子们则到河边捉鱼去。

　　沿途，有人观察到一些屋子的门框上，有一道白色的标记，另外几家，则有两道标记，有一些屋子却没有。

　　年幼且联想力丰富的同伴，把课堂老师描绘的阿里巴巴与四十大盗的故事相对照时，当中的情节——强盗在某住户的大门上画了一个记号，免得下次来报复时找错人家——的类似行为，深感一场无以名状的浩劫即将降临。

　　于是，我们这一群"小英雄"，除了把自家的门框画上了相同的标记，也把不太往来的邻里大门上如法炮制，以达到"家家有标记，人人要团结"的情境；坏人分辨不出我们，诡计就不能得逞。不过，之后有较年幼的同伴说：

"不对啊！如果坏人来了，弄不清楚是哪一家，索性宁愿错杀，不肯放过'解决'全村的人，不是更糟？"我们都无言以对，不知所措，只能静观其变。

日子难挨，仍一天一天地过去了。

第五天的中午，远处橡胶厂的钟声敲打了十二下之后，邻近马来甘榜的阿里放了学，还没脱下校服，就过来找我们玩了。

这回，他带来一个骑脚踏车的中年男子，载着一个大包裹，对大伙说道：

"这是我爸，他上个月调到这里来工作的。"我们望着那穿制服的马来男子与绿色的大包裹，里头应该是信件吧？不会是什么复仇的神秘武器……

阿里爸爸向四周望了一会儿，面带疑惑：

"这里住户的门框怎么都画上了同样的标记？让我很难弄清楚邮件是属于哪一家的，你们这里整百户人家都用同一个地址与门牌。"

哈！原来是新来的邮差阿里爸爸的作业方式，大家放下了心中的一块大石。

回去以后，我们把事件转述给大人们听，他们都嘲笑小孩们神经兮兮，没有好好听老师讲解及了解故事背后的寓意，何况，这种天方夜谭的故事怎么可以相信？

接下来的几天，我们发现好多人的家都添加了门锁，大家都担心传说中"芝麻开门"的咒语会在这里显灵。

哑爸

妈没有例常地来接兄弟俩。

回到家里，饭菜摆在餐桌上，都凉了。

他们比手画脚地用哑语在商量，这是怎么一回事儿？他们的判断是：这回是来真的。

爸回来后，一如往常地来到饭桌前，默默地大口扒着冷饭。

爸用眼神望着他。他把视线转向小弟。

小弟比着手势，面对哑爸，不容易把话表达清楚。他只能若无其事，例常地回应了爸。

饭后在厨房，他低声责怪小弟："你怎么没说出真相？"

小弟说不出口。面对哑爸，面对种种无形的生活压力，要如何告诉他？

要如何告诉他，面对无声的手势所堆砌起来的沉默空间，其实是一种环境暴力。

妈已离家出走。

独在家乡为异客

阿嬷跟家人到国外旅行，年轻人都担心她适应不了新环境。

其实，最适应多变环境的就是她了。她经年累月都在训练、磨炼，如何去适应环境。当年过番南来后，那些慢慢认识、适应与熟悉的人、事、物，现在又开始慢慢地陌生了。

被拆的房屋、被取代的大街、集体出售的大楼、改妆的河岸、重建的牛车水、看不懂的路牌、弄不清的住宅区、无用武之地的乡音、沟通不了的新一代……多年以来，那是我们成长、熟悉的——国、家吗？如此长期的"变与迁"的训练，都习惯了，不当一回事。

在近二十天的旅程中，那操家乡口音的导游——听说是来自老家的乡亲，是近半个世纪以来，她这个"异乡客"，最接近乡愁的另类接触。故乡，不只是一块出生与成长的辽阔土地，也是一种无比辽阔的心情，不受空间的限制。这种独在家乡为"异客"的心情唤起，的确，她一度适应不了。

流言

　　阿嬷斜躺在床上，呼吸困难，欲说还休。大家都听不清之前她说了些什么？

　　应该说是听不懂她的话语，自从她的儿子——家里的老爸提前离开后，隔代的沟通永远是一个问题。

　　"叫希蒂来吧！还是她行！"希蒂是众人中唯一懂得闽南语的年轻一代。她三两下子就把阿嬷抱了下来，替她整理发髻，喂食一些稀粥，对来探访者说阿嬷近况不好，要大家能抽空来看她，语言不是真正的问题，关心最重要，能让她开心，当然，最好能学会她那多年不被应用的母语。

　　阿嬷开心离去的几个月内，我们趁着希蒂返回家乡之前，向她学习了阿嬷的母语——某些人心目中的"方言"。也许，以后我们带孩子到东爪哇的巴厘岛去旅游时，可以顺路到前女佣希蒂的老家，向她学习那保留得相当完整的——我们流失的家乡菜谱。

迟归

细弟与我摸黑来到木栏杆外。

横木板围墙的间隙泻出一丝煤油灯的光线，我们屏住呼吸，相互对望一下，总得回去面对那根大藤条。

"不就是去送木炭吗？"

"都送了。三舅公的腿跌伤了，不能走，只好帮他到芭内把空心菜给拖回来。"我们都不敢正视老爸。

"那——过后又溜到哪里去？"

"我们把脚车留在舅公那儿，过几天要去载饲料。我们绕河走了半天，才赶回来。"爸仍抓住那根藤条。

"爸——舅公给你的'脱苦海'，他说消除酸痛这个东西最好，日本做的。——这全给你。"

爸轻按着藤条。煤油灯的光影闪烁着。

"啪！"老爸一巴掌打在左脖子上。这大热天，那恼人的蚊子。细弟与我，缩在一旁，冷汗热汗，汗流浃背。

出境

我们都没抱太大的希望。都第四天了，拯救队伍虽然扩大在马来西亚东海岸一带的搜寻范围，不过，依然是徒劳无功。

都是超载惹的祸！从码头到海上奎笼的度假水屋，这些业者不知对航海的安全规则与意识会有多少的了解，盈利一直是他们考量的重点。如今，事情都发生了，任何事后的责难都无济于事。

"总不能葬身茫茫大海吧？无论如何总要寻回尸体。"伤心欲绝的三姨妈，在数天的期待变成空等后，退而求之于拯救人员。没有人能对一望无际的南中国海作毫无把握的承诺，何况海浪也不小。

有消息传来说在民丹岛附近的小岛，发现了一具疑似华籍的男性浮尸。赶到小岛后，从左手无名指的戒指，确认了三姨丈的身份。

当地的一些单位的官员们都前来"慰问"示哀，我们都一一给了红包，以除去歹运并表谢意。临走前，有一班海关人员也来"探望"及办正事。

　　办正事？大家都摸不着来意。

　　"这男子非法入境，根据条例……"凡事总有个解决的方法。三姨妈压抑住情绪，没破口大骂三字经。我们交给这些"热心协助"的官员一笔"车马费"，匆匆把"人"运到码头去。

生命的长度

来到验尸所，我浑身惊吓，警员面带歉意。都是车祸。

"以后不要再有人醉酒开车，希望她是最后一个受害者。"肇事者在外头跪下，只是无济于事呵。

领了她出来，开始替她净身、更衣、上妆，再让阿嬷为她别上美丽的蝴蝶发结。

这是刚考取执照后的第一场作业，我好歹得用心完成任务。阿嬷会烧一些课本给她，本来明年要上幼稚园了。

因为女儿，我对礼仪业有了新的领悟；她已超越我们，走向下一程；生命的意义在于尊严及爱的传递，与长度无关。

谋杀

我十分懊恼，该不该报警呢？

刚才发生在下水沟涨水处的命案，算不算是一宗谋杀案？

"应该没事的。看你，心跳还是这么快！"医生认真地对我说，"真的没事，把那些证据销毁就好了。还有，这些药丸照吃就 OK 了。"

我到药房领药去，途中，把粘在鞋边的蟑螂残骸小心地去掉；它像是多个孩子的妈，是否会放过我呢？

"174 号。"那边的护士呼喊我，"照旧，这些都是补脑补神经线的，每天早晚一粒……"

潮哗汐止

他坐在巴士车站的一旁，看交通灯前熙熙攘攘的人潮。

之后，他来到海边，坐在公园一隅，看沙滩前起起落落的海潮。

一对年迈的老者推着一辆婴儿车从前方走过，令人羡慕。

能挨到退休的年龄是幸福的。前阵子，他刚被公司辞退了。

能挨到孩子长大成人是幸福的。早上，他刚被家庭辞退了。

签了离婚协议书后，他就一无所有了。除了海风，除了眼前这一片宽广的大海。

婴儿车的轮迹停在海浪前，没有逻辑的命运是如此的无助与无辜，两根拐杖横倒在滩上，无关紧要，也没有人预见是否曾经挣扎过。

他要辞退这个世界，多变的黄昏在眼前崩溃，欢送他的是一阵义无反顾的潮声。

天国的阶梯

错过了探病时间，病房处找不着老妈。致电给三弟。

"你去错地方，A座是住糖尿病的，那是去年的事。"

"什么？"

"这回住在B座，属心脏科的。不过，老妈早上出院了，我们正在办理后事。"

"啊——"在阶梯处摔了一跤，头部的血缓缓渗出，模糊了五官；斜着脖子，没有脸回去。

一通星愿

海上的星星挂得很低。

我们各自唱着青春的歌，如星子散布在银河里的音符。有人似乎看见苍穹处流星的陨落，有人听见流言的传递，有人感觉流光的飞逝。烤火炉灶的炭火已渐渐熄灭，薄夜不小心沾了微露。

"铃——"手机响了一阵子，然后断线。

"你怎么不接？"他问。

"是妈打来的，无关要紧。"

"铃——"

"你怎么不接？"

"不要紧。一接上，她会一如往常地唠叨，吵着让我早点回家。"

"都凌晨了！——的确'很早'，就回去吧！"他站起身，

"免得她挂念。"

"无所谓。"

"回去吧！有母亲牵挂总是好事。"他催促着。

"总好过没有。七岁之前，我拥有母亲，后来她离开了，她从来没有打电话给我。"他望着天空，

"更何况，她也许记不起我的模样。"

望着漫天的星星，我们都在揣测星星黯然的模样，忘了回去。

功能

终于，我的现代诗集《爱的解剖》付梓了。

并不在乎新诗在这个社会已被边缘化，毕竟，它是一种精练的语言美学，曲高和寡是可以被理解的。

我把部分诗集寄赠给各地的图书馆，希望能让同好者一同欣赏。

这一天，馆内摆着我的诗集的书架边，有个女生果然走近它，还伸手取了下来。没错，从我这三个书架距离的位置，我看到那本米黄色封面的诗集被抽了出来。——感到十分的欣慰，毕竟，诗是有净化人类心灵的美学功能，何况是依附在这么一位有气质的女生的身上。

她把书放在地上，想必是要在懒洋洋的午后随意地斜靠在书架旁好好阅读。

咦！她怎么又多拿一本？说不定是要推荐给一旁的同学。

我换了个姿势，只见她把现代诗集放在一小叠的书本上，——踮着脚，用力地从书架高处，取下一本厚重的《现代尸体解剖学》。

未遂

　　海风是凉的。我的脚板也是凉的。

　　心，凉如海水。一阵浪扑了过来，又趋向平静，告诉我人生的起伏无常。

　　我要告别这世界，到另一个更谐和的地方。没有人能拯救得了我，在一个冷漠、无情的社会里，会有谁来关怀与协助别人呢？

　　哦，不！——不远处有对青年男女，正往我这个方向奔来。又是一个多事者。海滩是足迹终止的地方，再往前走，就是死亡的起点了。

　　"Hello！Old man." 我侧身望着他们，四周无人，的确是对着我说话。

　　"你可以移一下位置，或者走远一点。你挡住了我们的景色。"

　　我闪到一个较远的地方。连出现在别人的背景里也是多余的。曾经，我也拥有自己的一片风景，绝对不会比这些年轻人差。

　　我思索了一阵子，然后，朝大海的反方向，一路走回去。

身影

　　雨后，抄公园的小径回家。在草丛处踩到一只独角仙的甲虫，"吱"的一声，来不及闪避，那黑色的犄角好像是被压断了。

　　回到家，妈在做例常的晚祷。都过了晚餐时间，老爸灵位前的香坛有蠕动的影子。我趋前一看，竟然是一只沾满了香灰的独角仙，丢失了坚硬的角。

　　"它前晚就来啦！"妈半睁着眼，"下午被我赶了出去，怎么，又飞回来啦？"

　　"哦——"那用力挣扎的熟悉身影，如童年某次的雨天，老爸撑伞来接我回家，不小心滑倒却努力爬起来的样子。

速成“管”理

　　她受不了厨房里那辛辣呛喉的油烟，开始后悔加入餐饮管理这一行业，出路并不怎么样，更何况，下学期的学费还差一大截。

　　上课的地点就在餐馆及 KTV 等娱乐行业汇集的场所。这一天，发了薪水后，她与几位学妹们来到 PUB 喝几杯酒解闷。

　　凌晨，在回去前，她心中有了未来规划的概念。她决定跟辣妹们去参加“钢管舞美学培训”课程，一星期内速成，免学费，出路广。

低头

都快下班了，上司仍把我叫到办公室去。

"你孩子的校长发了 e-mail 给我，要求我放你两天假，参加他们学校的年度亲子营。"

"哦——是吗？"我有些错愕。

"之前，我已回复级任老师了。——去不了，那段时间公司在香港召开区域性的会议，还有投标、招聘人才等事项……何况，孩子念的学校是全国最烂的，没有人会抱太多的期望，他们连走路都是低着头的。"

"是吗？"我的上司是有点多管闲事，"听人事部说，你跟孩子的关系也有些紧张，上回孩子还差点离家出走。——不容易，单亲爸爸不容易当。"

"我们那一份投标的计划书的主要内容已完成，我修订后，会 e-mail 一份给你。"上司说，"我也会 e-mail 给你孩子的校长。其实，亲子营还蛮好玩的，前年，我参加了孩子的亲子营，学了不少知识。"上司转身，把一个看似"父与子"的木雕摆在我面前。

"我们一起雕的，这双手的比例刻得不太好，分明是beginner 的水平……对了，投标很重要吗？下半年还可以再来玩一回。"

"也不能让你休假无所事事。回来时，要送一个'关心'的木雕给我。"走出办公室前，上司如此提醒着。

青鸟架

提着鸟笼，来到那被"安不落壳"（En-Bloc）的老家时，一切已面目全非。

他那一只白头翁要挂在哪里呢？

那嘹亮清脆的鸟语与沉静的老街坊构成的悠闲美景呢？

那一伙赏鸟的乐龄遛鸟迷呢？

都失散了！都不知道被"安"到哪一个"壳"里去了？

这仅存的一只鸟笼，要挂在旧壳里的哪一个角落？

那挂笼子青色鸟架棚，已被推土机推倒，四脚朝天；锈黑的钩子，像一个个的问号，朝断垣处一只被惊吓的黑狗对质。

叭——！一不小心，那铁钩子缠着布鞋，他扑倒在被翻开的泥地上，手上的鸟笼往前方滚去；在刚定神的黑狗赶来之前，那白头翁使劲地挣扎，逃脱而去。

之前他腋下夹住的报纸，因为风的缘故，散落满地。

一篇有关房地产降温的措施的报道，随风远去；另一页报纸——刊登一则集体出售家园供拆毁的新闻，盖在他的脸孔上，久久，透不过气来。

ET Go Home

窗外一朵白云飘过。她说："我要回家。"

窗外一片月光洒落。她说："ET go home。"

没有人了解她，她也不了解周围的人。

在这里，她是唯一会说英语的人；有人叫她 Elizabeth，有人称她 Miss Tan。回家？为什么回家？回家后要做什么？这里不是过得好好的吗？而且，要如何回去？

"Miss Tan，没有人来看你吗？"

"没有人来接你回去吗？"

她移到窗棂边，大力往外面吐了一口浓痰；一只黑狗快速闪开。

"嘿，伊丽莎白，请注意卫生！"一阵风吹了过来，吹翻了桌面上的文件。

Elizabeth Tan 的家人没来交住院费，过两天要安排她办出院手续。院长在表格的最后一栏填上："3 days time,

ET go Home。"

　　她可以回去了，回到那没有孩子愿意与她同住的家。那曾经是孩子们欢愉的家，现在依旧是四面墙一个屋顶，只剩下一张床，一张轮椅，一片月光。

　　某个月夜，与她一样——那只会说英语的四个孩子，一起把她送到这里欣赏月色……

　　"可以回去啦？"晚餐后的窗外，月色朦胧，树影在风中晃动。没有人来还疗养费，她必须回去。朦胧中一列骑着脚踏车的孩子奔向月亮。ET go home。是的，可以回去了。护士长催促着。

地牛与番鸭

　　他把摊子安放在五脚基处，扁担顶着布帽，伸头向四周张望，都是兜卖小吃的摊子。

　　远方的天气黑压压的，沉默的天空仿佛正在酝酿一场大雨，最好是等橡胶厂的女工换了班，买了他的番鸭粥后，再下雨就无妨了。

　　地牛赶在大雨前先来扫荡，流动小贩们瞬间作鸟兽散。匆忙中他的扁担掉入污水沟，来不及捡起，地牛雷厉风行，大伙束手就擒。

　　当中有个像是刚高校毕业的四眼地牛，三舅十分无奈地凑了上去，抄了登记，寒暄了几句，啊！听口音好像是同乡，过后不知聊了些什么，后来发现这四眼仔与父辈还有一点渊源。

　　那四眼地牛说会替三舅写信，信的内容不得而知，反正是用红毛字写的，猜测大概是申请者家有病重老母，下有嗷嗷待哺的幼子，为人勤奋，自力更生，虽贫却不领福利金等等。

几个月后，三舅"进驻"小贩中心，卖起正宗的"汕头卤鸭饭"来了。

签字

　　那氛围，令人难以承受，其他人选择坐在那扇厚重的门外等候。

　　"看清楚了才签字。"管理人员在我的背后，例常地提醒家属。

　　怎么会看不清楚呢？虽然那神态枯槁。

　　我转过身去，是模糊的高大身影，正握着我的小手，一撇一捺地写着人之初的"人"，那看似简单的两笔，构建了成长与衰老、快乐与烦恼、顺境与逆境；然后，他签写我的成绩单。这两笔，是责任与关爱，穷一生的精力来完成。

　　我摸着那冰冷的手心，我犹豫。终于为他的下半生——签了字。

　　"可以回去啦。"管理人员说，"交代殡仪馆的人别太迟来，我们就快要关门了。"

　　关上厚重的门后，太平间保持着一贯的冰冷；走到外面，一片阴湿的天气，像是下过一场小雨，路边的雨树都合上了叶子，雨水断断续续滴在心头上；无法合上的，是树静风止的心情。

买棺

我们都没有经验。

店铺的老板面对我们一群年轻顾客，也只能将价钱简化为高、中、低三种。

"木质较好、有光泽、花纹美丽的棺木价格偏高，要加金边的价钱另计，前方要镶钻石则需付工钱……"棺材的款式还真的是琳琅满目，老板指着一旁的老木匠说道，"喏，他还在钻孔安装钻石，需要多一点工夫；还有，小店会送订户一辆宝马，包拥车证。"

"麦哥，是你阿公去世，你做主，我们只是外孙。"

"就拿高档的吧，不然，会让人觉得太寒酸……"

"何必呢？"旁边的老木匠正用心把一颗琉璃打进木头，"烧了，连同骨头都成了一堆灰。"他把头侧向一边，"呸！——生前多花一点时间去相处就够了，省点钱供以后烧香祭拜之用。"

"是哦！"我们很无奈地被分配到看似轻松的差使，麦哥折中地选了中级的棺木。

　　让适中的灰烬陪阿公的骨灰。他避开那鼓噪的钻孔声，想了一阵子，把老板拉到一旁：

　　"宝马不实际，我不要了，改订一辆三轮车吧，他当年谋生的工具。"

真诚实

　　那时候，也不过是为了收集一些能扣上橡胶圈的现成实物，当土制木枪的子弹，我们爬上了番樱桃树去采青果子。

　　大伙折断了好几根粗枝丫以方便采集，弄得满地残枝败叶。

　　回去后，隔村的青暝伯果然找上门来。

　　如何应对？课本里聪明又淘气的华盛顿砍樱桃树的故事让我们感动不已：宁愿损失一千棵樱桃树，也不愿孩子说一句谎言。

　　大伙都招了。

　　大人被我们的行为给打……动了？

　　大人动起手来，把我们打得哀天呼地。毕竟，番樱桃与樱桃树是有差别的。

当天色渐冷

午夜，他从停柩处回来，疲惫不堪。

往生者是金融海啸前的同事，海啸后大家都迅速被裁退了；他无奈却成功地转换"跑道"，这位前同事放不下曾经是"副总裁"的身段，郁郁而终。

沿着巴士车站的人行道来到组屋的途中，下起了毛毛雨；前方的楼梯间，有几个外劳在围观着，像是发生了什么事故；他趋前，地上躺着一个华籍中年人在抽搐，看似心脏病突发，奄奄一息。他蹲下，年轻时候在救伤队里所学的急救术派上了用场，同时打电话急召救伤车。

不过，一切都太迟了。天色已冷，包括体温。他束手无策，看样子，是个无业汉吧！曾是天涯沦落人。

他走到楼梯口处较阴暗的地方，从公事包里拿了道具，取出长袍套上，在救伤车赶来之前，认真地为那男子超度起来，一如刚才的那一场法事……

很生气

看到报纸上的报道后，他很生气。

之前，他已吩咐好，若要刊登这些信息，就不需要放照片，一切从简。不久前她来做例常探访时，还拿了一张结婚五十周年纪念时——在滨海湾的白色莲花座前——拍的照片，让他过目。

"这张拍得还不错，届时只要作局部放大就行了。"

他仍然不同意。不过没有强烈地表达出来，也许是刚注射了一些让人感到不舒服的药剂。

要如何去传达自己的不满呢？

那晚，老妻坐在厅前窗下的香炉旁，凝视着远方。儿子斜靠在书房的一面灰墙上，不动声色。好一会儿，儿子低身对门边的小男孩说：

"阿公一定会回来，注意那张帆布椅……"儿子抬头，好像看见了，又好像没有看见——窗外的他。而这个俯视的角度，恰好让他看到书桌上的报纸的一则黑框信息内，有他的肖像。他很生气。

"窗帘在飘动。"儿子低声说，"道长说头七晚上，阿公一定会回来，注意那张帆布椅下有没有脚印……"

骗子

之一:

我不确定对方是否看见我恳求的眼光,那提了两大 NTUC 塑料袋子的妇女迅速地闪开了。

我在地铁站外已站了好一阵子,看到一位老人家走过来,还没趋前,他已提起手,摇摇头,口中喃喃着:"我没有钱,不要打我的主意……"就绕过去了。

我刚望向从闸门冲出来的几位穿校服的中学生。远远地,她们分两批往我的左右两边移去。

我选了一位头戴耳机、手持 iPhone 的绿裙女生。她没有躲,停了下来,仍不停地操作手中的玩具。此刻,她抬起头,带着极不耐烦的眼色,似乎在说:"你们这种当街挡路的骗子,我看得多了。"

"我妈说不可同陌生人打交道。"还没等我开口,又从我眼前消失了。

妈常说：不懂就问人，不明可求神。在这让人迷失的冷漠城市中，我只不过是个问路者。

之二：

我不确定对方是否看见我搜索的眼光，那提了两大NTUC塑料袋子的妇女迅速地闪开了。

我在地铁站外已站了好一阵子，看到一位老人家走过来，还没趋前，他已提起手，摇摇头，口中喃喃着："我没有钱，不要打我的主意……"就绕过去了。

我刚望向从闸门冲出来的几位穿校服的中学生。远远地，她们分两批往我的左右两边移去。

我选了一位头戴耳机、手持iPhone的绿裙女生。她没有躲，停了下来，仍不停地操作手中的玩具。此刻，她抬起头，带着极不耐烦的眼色，似乎在说："你们这种当街挡路的骗子，我看得多了。"

"我妈说不可同陌生人打交道。"还没等我开口，又从我眼前消失了。

妈常说：做事要尽力，不用太在乎别人的眼光。在这匆忙的冷漠城市中，我只不过是个传单派发者。有些眼光好像在怀疑，这些人怎么还没被警察抓去？我们不替地下大耳窿做事，我们是替合法大耳窿，哦——我是说替银行在发传单！

寿司

阿公不喜欢寿司。

不过，我们依旧拥进了绣樱花蓝布帘子的料理店里。

一家人各自点了传统寿司、手卷、带有油炸豆腐皮的稻荷寿司。我们此起彼落地把寿司沾了山葵、酱油，大口吞咽。阿公吃些什么呢？

他望着屠夫，不——厨师将饭排在紫菜上，铺好后翻过来，饭朝下放在在砧板上，将馅料置其中，再卷起来，外层随意洒一些鱼子。

"那是什么玩意儿？"阿公问。

"里卷。这边也有，尝一口吧！"外孙女推了一个给他。

他狠狠咬了一口，随即辣呛得满脸通红；因为是日本芥末，他之前对此已有芥蒂。

另一个厨师把生鲑鱼片与萝卜一起加米饭和曲渍制成了乡土寿司。同时，其他人点的生鲑鱼、鲔鱼、甜虾、海胆及支那鱼也上桌了。

"这些又是什么？"

"杀西米。"

"杀死你？"

"就是刺身。"

"刺身？我身上也有。"阿公回应。我猜想他是指身上的刺青吧？

"小岛沦陷那年，我的右胸就被刺了一个大窟窿……"他的声音混浊，像似被浓痰卡住，没听清楚；美食当前，没太多人去理会他。

他摇了摇头，面对这一群不懂"刺身"滋味的一代。

只见那厨师把寿司卷起后，在刀边沾了一些醋，垂直用力地一刀横切下。

"啊——"之前勉强一口吞下的刺身被吐了出来。——带有腥酸味，像似当年那伤痕累累的惶恐情景。

正当一群人津津有味地品尝、等待下一道料理时，阿公提前回去了。

回去之后的日子，像是某种遗痕（恨）未了的心境，阿公一病不起。可以感觉出，他确实不喜欢刺身。

直到寿板店的送来寿棺为止。礼仪师事后说，阿公在日据时期被刺的伤口，长期被一层白色的粉状物所掩盖；内部一直在腐烂，且无以抗拒地，隐隐痛着。

游戏的玩法

　　早上，他应邀到一所中学做语言的游戏。用听似熟悉的声韵及话语来与同学们交流，讲解文学的创作技巧及佳作欣赏，虽然，同学们都说华文很难入脑，他不得不放映一小段改编自小说的 flash 动漫，勉强唤醒了三位同学。

　　中午，他进行了一段文字游戏，写了一篇与选举有关的黑色幽默小说，题目暂定为《推"陈"出新》。像是 C 小调第五交响曲一开始就出现——具动力性的四个敲击"命运"的音型，又像是《四面埋伏》在夺取将军令的进行曲；当下那些"陈情书"急于与闪电唛划清界限，似乎是文字难以形容的复杂心态。他觉得不好、也不易描绘，也无法发展成所谓的（本来就是）"荒谬"又具逻辑性的情境，就暂且搁下了。

　　咕噜咕噜——忘了还没用午餐。来到组屋楼下，他先进行一段数字游戏。投注站里，排在前面的中年大哥说，这回是 T4 来谋取一任两千万元的纳税人的钱，他刻意买了一份

7777的4D。10大10小。中了，也只比48千的按柜金多一点。

他随意填写了两组不同的号码组合，看到累积奖金是288万，再加注一组的Quick-Pick。毕竟，数字游戏比文字游戏简单有趣得多了。把找回的零钱，到咖啡店内买一盘咖喱饭。毕竟，要在家里煮一锅咖喱也不是容易的事。

晚上，因太累，没上网玩电子游戏。昏沉沉中，梦见逐鹿中原的人在慷慨"陈"词。漫天星光灿烂的童年，曾经拥有当总统的异想，老早收藏在潮湿的衣柜里；他想念每一回母亲编织爱心的星空，许多旧梦都飘得很远。今夜，披了穿洞的毛衣，做了一个很多零的数字美梦。

化学常识

女佣初来时，他们之间的"沟通"一直都有问题。

她在家乡好歹也用塔加洛语读完了高中，在家中七个孩子中排行老大，自然要"提早毕业"到社会大学去打拼。

这浮城是一个复杂的社会啊！初来时就有如此的感觉。她的劳力所得，都让中介抽去一大半，政府当局的税收，一部分也间接从薪水中"转嫁"过去抵销；还得足不出户，不能有休假（听说已有立法强制月休，不过，雇主们不是省油的灯，肯定会有对策的）。此外，每天也没有固定的休息时段，必须全天候照顾主人那中风瘫痪的老妈。

老人家口齿不清。她多数的时候听不懂或不了解老人家的要求。有一回，女佣尝试传字条给她，是不是要 H_2O？老人家竟然点头，就是口渴要喝水。她退休多年前是当老师的，还教过理化。

虽然每天都进行物理治疗，老人家的状况恢复得很慢，两人都挨了骂。也许是近日女主人在工作上不顺利，也曾挨了上司的骂。

这一天，老人家昏倒在地上，女佣不知所踪。过后，在一家废置的工厂外找到她。

"你到底给老妈喝了些什么？"女主人大声责问。

她没回答，只在字条上写了 H_2SO_4。

传人

前些时候，他到神州旅游时，在飞越黄河的景点处，被抢匪敲昏了头，再洗劫一空。回来后，伤口仍隐隐作痛。

他摸了摸头上那凸起来的敲击处，浮肿仍然未消。医生说这需要一段时间才会痊愈。

几个月后，肿略退，头颅的两端有鼓起的症状，且有"成长"的迹象。他十分惶恐。照了一回 CT 电脑断层扫描，医生的说法模棱两可，无法做恰当的定论，需要再观察；等患处"长大"一些，再回来看看。

他转向中医的方式，对方说那可能是一种能量"气"场的汇聚所引发的症状，古代人也有长角的个案，治法是引导与驱散。他没听懂。他从镜中发现角状的突兀物，惊慌之余，把头猛撞镜面。血从头上流下。他闯出门外，又深恐路人看到，再回屋内，关上门。

躺在沙发上的他，沮丧地闭上双眼，血的干扰让他的视觉模糊。电视里传来警匪片的枪战声、宁静夜的枪炮声。空档期的沙沙作响声。又回到综艺节目的歌舞声、巨变前夕的四面楚歌……到底过了多少年？

他用力地擦亮双眼。眼前，LED 的屏幕，一脉流水，像是某旅次的黄河边，一群人，澎湃地唱着《龙的传人》。

微笑

　　我们的旅行车停下时，一群黝黑的孩子蜂拥而来。导游把部分的人推开，还拉开喉咙："走——到别处去！"

　　一个看似十来岁的小女生，因背着光头的小弟而失去平衡，跌撞到车门的防撞杆上，手中的纪念品散落一地。

　　"不要跟他们买，都是劣货。前面服务中心那里有更多的精品。"

　　那女孩的眼光——我一时也无法形容——望着我们这群高贵的游客，轻揉着刚擦伤的右脚踝，一种绝望却不妥协的样子；她一定还没十分了解什么叫作"地盘"或"抽拥"这类的名词。

　　她拾起一叠风景明信片，指着背后那没有门牙的男孩，伸手朝向我们：

　　"2 dollars, 2 dollars！ For him, for him.Today（twodays？）no eat……"那背后的小弟天真地微笑着。似

曾相识。

　　我拾起散落在地上的佛像一尊，略清了一点泥尘。塞了一张钞票给女孩，把佛像挂在她身后的小弟上。

　　光头小弟还我以无邪之笑，一如之前在吴哥窟看到众佛的微笑。

补习

　　我赶到 Jeremy 的家时，他一口咬着夏威夷水果比萨，一面在电脑前观赏林书豪与湖人队的一场比赛。他指着书桌上的两本数学作业说：

　　"从第四章的题目做起，还不太难！"我就开始我的工作了。

　　的确不太难。这是补习班发下来的模拟考试题目，是 Jeremy 就读的名校老师所推荐的一间补习中心的习题。——作为他的"家教"老师，我只要替他完成习作就行了。

　　其实 Jeremy 的功课很好，只是时间不够用。我替他先练习，把作业做完了给他过目，有"问题"时他才会发问。他的老妈泡了两杯拿铁，递了一杯给我，说：

　　"老师，辛苦您了！就让 Jeremy 休息一下吧。"

　　Jeremy 在观赏另一位 Jeremy 灌篮的英姿，兴奋地跳了起来。我的——不，他的习题还停留在上半场。

"叮咚！"他的老妈开门。

是另一位家教，来替他做课堂老师给的正式作业，以让Jeremy 能应付自如。

Jeremy 投下了一颗三分球，荧光屏前后的观众都跃起。

我快速起身，可以回去了。Jeremy 的妈把支票塞在我的手提包里。

附录

探访"浮城"

——希尼尔作品的一种解读

南治国

    1989 年，刚过而立之年的希尼尔出版了他的第一本诗集《绑架岁月》。其中有一首《土地的印象》，诗人这样写道：

    竟然，我迷失了方向

    在这熟悉的土地

    有一种悲凉

    沁人心脾

    有一种荒凉

    蔓延在当年车水马龙的街坊……

    不知是谁

    趁邻里不留神时

    换了幅现代画景

换来个荒凉

　　诗歌真切地表达了诗人对急剧工业化和现代化进程中的新加坡社会中种种盲目躁进的举措的不满，对整个社会漠视传统，丢弃种种民间记忆的短视作为更是如鲠在喉，却又万般无奈……新加坡原本就是一弹丸之岛，其华族的历史，从19世纪初开埠至今，也不足两个世纪。早期的华族先民漂洋过海，在异族的统治下，仍能开荒辟土，顽强生根，各种华族庙宇，各级华文学校，各种华族庆典，各种源自"唐山"的民俗风情都能在这南溟小岛代代相传，弦歌不绝。但是，1965年新加坡独立后，政府迫于经济考量，科技上以西方为指归，大力引进西方技术；在管理上，也奉西式制度为圭臬，英文在同母语的角力中，大获全胜。华文，作为约四分之三的新加坡国民的母语，沦为二等语文，甚至是第二语文。在"西潮"强悍的冲击下，华校全面缴械，华文教育难以为继，华社几乎全面噤声，而有着强烈母族文化情结的希尼尔，感受的当然是一种强烈的疏离和愤慨，以至于走在熟悉的土地上，他，一个生于斯、长于斯的新加坡人，竟然也"迷失了方向"。他体验的是一种悲怆的"荒凉"，目触的是一种荒谬的"荒芜"：

　　　　漫不经心地游荡到这看似华丽的世纪初。某个清晨的河口……决堤的滩岸，一艘倾覆的舢板，无助地接受浪花的抚慰。一只翠鸟（像似童年的那一只）立在一根桅杆上慌张地回望，荒凉自开紫色小花的爬藤植物蔓延，直到潮落的最远处。

荒芜在延续着……许多荒谬的现象，正不着痕迹（某艺人说：走过必有痕迹。我们遗忘得太快，所以不着痕迹）地在身边周围上演、流失、丢失、遗失或者遗忘，然后一再重复。

这是本世纪初，2001年，希尼尔在出版个人的第二本诗集《轻信莫疑》时，在其后记中的"独语"。此时的希尼尔，除了诗歌创作，他也在微型小说创作上取得了不俗的成绩，先后出版了微型小说集《生命里难以承受的重》（1992）和《认真面具》（1999）。他在文学创作中，刻意表达了新加坡华人在社会急剧都市化中"连根拔起的遭际所带来的心灵痛苦和急切寻根而不得的精神迷惘"。代表着华族传统的"舢板"倾覆了，风雨飘零中，因为本土历史的缺席，华族文化的式微，新加坡岛成了欧风西雨中的一座漂晃的孤岛，一座在华族历史和文化大海中的走丢了的"浮城"。

一、孤浮、灰暗、荒芜："浮城"的地理及地貌特征

希尼尔笔下的"浮城"，谐音"浮沉"，地理上，是一座

漂浮在海上的孤岛；从文化上看，则是一座失去文化指针和身份认知的无根城市。外表上，浮城是灰色的，是毁掉田园、拔去绿色之后，用"洋灰"垒砌起来的阴森的城市。在作家的情感里，浮城是灰暗的，一片荒芜，满目荒凉。

在希尼尔的早期创作中，"浮城"就已显端倪。浮城往往与"灰泥"、"洋灰城"相关，如第一本诗集《绑架岁月》中，浮城已经是灰色调的，渗着"荒凉"：

在抹去一片翠绿／涂上灰泥之前／夜夜荒凉，夜夜／古井旁／枕苔如梦／惊跃／因为你／后港／当你盛装远离之际／月亮在哪里。——《北后港》

一片烟浓／今后的清晨或傍晚／停留在枯叶与天空之间／所有的绿色隐去／所有椰林连根拔起／只留下老秃椰干和打桩机／周旋到底。最终／倒下，老椰林／竖起，洋灰城／带来一片阴森。——希尼尔《雾榜鹅》

只需一个下午／胶林全部出走／投留一些根头／／每个清晨，远方／看不见蓝天／一片洋灰，那么刺眼／一阵车烟，十分难受／／唯有胶林／令人怀念。——希尼尔《窗外即景》

到了《轻信莫疑》，浮城仍然是灰暗而荒芜的：

一群鸟失声离开，并从容交出／五十层楼九九九的领空"、"那片曾经共有的沼泽早被填平了／洋灰的森林错落有致——希尼尔《处变鸟不惊》

触目，是一片异质的风景／灰暗的围墙，拒绝一次／简单的落户机会。高耸的洋灰城外，白雾／茫茫，来自大大小小的烟囱——希尼尔《二十世纪末一只蜻蜓的心事变奏》

随着希尼尔笔触的深入，"浮城"的内在轮廓开始日渐明朗起来。他在多篇小说中直接用"浮城"或"浮岛"来指称新加坡，如在《浮城六记》中，他对浮城作如是描述：

此后浮城再也找不到狮子的踪迹，人们开始相信自己的想象力。许多许多年过去了，就像"一代不如一代"的儿时游戏，城内的人们在隐隐约约的传说中，开始塑造一只奇异的动物——非鱼非狮的狮头鱼——没有人知道它究竟是卵生还是胎生？……那是一个奇异的地方，那里有传统与现代在挣扎的努力，那儿的人有追求卓越与略带怕输的心理……

180

在他后期的众多的微型小说的创作中，希尼尔开始探析浮城之所以为浮城的深层机理，开始从浮城城民的根性、浮城城事的变迁和浮城文化版图的变色等方面孜孜不倦地构建他的文学"浮城"，并以此检视新加坡现代化进程对华族语言、文化的消极影响，以及因华族传统难以为继、新新一代漠视历史和盲目崇洋所造成的新加坡社会普遍存在的传统断裂和文化失根的悲剧。

二、自奴、浅俗、贫血：浮城城民的典型性格特征

人，也只有人，始终是特定环境或风景里最具代表意义的组成部分。在鲁迅的"鲁镇"系列小说中，因为祥林嫂、孔乙己等独有的人物形象，才使得他笔下的鲁镇充满悲情，萧瑟凄凉；而沈从文的"湘西"小说，之所以人情浓郁、古朴单纯，也正是因为他塑造了翠翠、萧萧、媚金、龙朱等众多的湘西纯情少男少女的形象。已有论者指出：希尼尔的创作题材，源于新加坡的乡土，表现的正是"新加坡的土地与文化传统"，体现了"在现代化实际上是西化的过程当中，新加坡人特别是华人，遭到连根拔起的困境"。希尼尔几乎与新加坡共和国同龄，亲身经历并见证了新加坡立国以来经济、文化、政治的变迁，亲眼目睹新加坡华人日渐西化，由"黄"求"白"的种种"用心"。愤懑之余，他拿起了他的笔，描摹浮城城民之百态，试图为过去三十年来的新加坡人"立

此存照"。

希尼尔的创作主要是诗歌和微型小说，他对浮城城民的描述往往是简笔素描或类似镜头中的"一瞥"，但因其执着，也因为他的犀利，他对浮城城民的性格弱点的描画可谓入木三分。希尼尔笔下的浮城城民的性格特征突出表现在三个方面：文化上的崇洋和自奴、生活趣味上的琐屑和庸俗，以及对人文、历史的贫血与白痴。

（一）文化上的崇洋与自奴

华人的崇洋，从根本上看，是因为整个华族近百多年来的民族自信心的低落。鸦片战争以降，西方列强以枪炮开道，经济上掠夺中国，文化上矮化中国，中国迅速由威撼远邦的泱泱大国沦落为半殖民地、半封建的听任列强踩躏的灾难深重的国度。政治的无能，军事的无力和文化的无声使得华族无论是上层官吏还是下层百姓，无不逢洋必恭，逢外必敬，而对自己的母族文化及价值观念缺乏自信心，甚至弃之如敝帚，不惜同自己的文化彻底切割，"去华族传统"，不仅语言用西方的，文化趣味上，也是"西方月圆"。

新加坡是华人较早移民的海外群居地，也是中西文化折冲交会的枢纽。早期华人因谋生需要，必须要懂得英语，才能在洋行或外国人的公司担任中高层职务。经济利益的驱使，华族中的稍微富足的家庭都会送子女去英校念书，将来好到欧美留学，毕业后就可以有一份体面的工作。而那些清寒子弟，则少有机会学习英语，只能在矿山、胶园或工厂做底层劳工。久而久之，社会等级显现，讲英文者显达，说华文者（主要还是方言，如福建话、潮州话等）落魄。华族中，不仅所谓的上层精英以能讲英文而自高一等，而且那些底层的华工也多因自己不能讲英语而自惭形秽。新加坡立国后，先是停办南洋大学，紧接着是所有华校"变色"，新加坡完成了从幼稚园到大学的全面英语教育。随之而来的，就是纠缠多年的"华文难学，华语无用"的论调，甚至有"先进"的新加坡人，先是抗议华文的学习，要求把华文从中小学的教学科目中清理出户，抗议不成，后来就干脆移民去那些不必学华文的地方。

在希尼尔的全部创作中，对母族文化的眷顾始终是他挥之不去的心结。早在1985年，他就在《宝剑生锈》中，通过华校生返校参加校庆，写三十周年校庆时他们表演"荆轲刺秦王"时的一把道具"宝剑"，到了五十周年校庆时，被校方从教师休息室的墙面上摘了下来，扔进垃圾堆——"宝剑不见了，取代的是一幅现代抽象画"。曾经的铮亮宝剑，不只是华校生的一份记忆，也是他们心目中华族文化的象征，但二十年后，它被一幅西方的现代抽象画所代替，孤零零地躺在长廊一角的垃圾堆里，"锈蚀多时"。宝剑的命运，也正是华文在新加坡的命运之写照。

五年后，希尼尔在《舅公呀呸》（1990）中，以一位学生的《华人传统》的华文画册被他的英文老师冠以"不良刊物"而没收，更为直接地反映了新加坡英文教育的"蛮横"，而令人悲怆的是，那位没收《华文传统》的英文老师正是一名年轻的华族老师，虽然他有一个时髦的洋名"奥格斯汀陈"；希尼尔是痛心的，也是无奈的，小说的最后，他也只能通过舅公之口，喊出"他们却丢失了一个传统"……

在小说《校庆》《让我们一起除去老祖宗》《克里斯多夫瘤》等作品中，希尼尔表现的是同样的主题，浮城的年轻的华族"城民"一例崇洋，英文至上，轻视华文，不屑于华族文化，自绝于母族传统，成为文化"自奴"的一代。

（二）生活趣味上的琐屑和庸俗

浮城城民对自己母族的语文和文化既已毫无兴趣，那么他们兴趣的热点是什么呢？在他的第一篇微型小说《或者龙族》中，希尼尔这样描写浮城里的年轻一代：

所以我们都抽着烟挟着皮包牵着女生的小手溜达在保龄球场这样才比较气派。……

所以我们孤独地站在热闹舞会的一个角落欣赏一个个穿得很少的女孩子卖力地摆动。我们把烟仔一个跟地——/燃烧起来，然后/燃烧着自己……

我们不喜欢逛马路但是没法子，我们穿着很波希米亚但没有拖着女孩。……/最终我们迷失在钢骨灰泥一阵阵刺耳的回响中……

　　年轻的城民自我迷失，没有信念。那么其他的城民呢？在希尼尔的"浮城"里，他们也一例是琐屑和庸俗的。在《笑忘书》中，父辈的书斋被下一代改造成了"麻将小筑"，耽溺于书堆被视为"酒精中毒"，年轻一代认为嗜书让人思路不清，意志消沉。浮城人对小事好奇，凡事都能联想到口腹之欲，即便是对浮城的"吉祥物"——非鱼非狮的狮子鱼，他们想到的竟也是不知道"它是否可烘烤或清蒸？"浮城人还喜欢虚荣，好大喜功，"随时为了个人的便利或者炫耀自我的特殊地位，不惜'为虎作伥'"。

　　浮城人还非常功利，喜欢贪小便宜，"人人抢着去购买不曾了解、不需要的货品"；他们是一群患有"长龙症候"的人，"有长龙的地方我就去排，管他是卖房子，抢旧书，报名入学，投注多多……"。他们还健忘，爱面子，稍遇不快，便会向有关部门投诉。他们以忙碌为借口，可以不去探访患病住院的"阿爸"，对亲情"等闲视之"；他们可以在离婚时"各自提出最有利的论点及证据，以确保孩子的抚养权能推让给对方所有"，对婚姻"满不在乎"；他们还可以游戏情感，不婚而孕，然后，在手术台上，"与一名庸医共同谋杀一具生命"。

　　希尼尔笔下的浮城人，就是这样琐屑而庸俗的一群。

（三）对人文、历史的白痴与贫血

　　浮城人的另一个特征就是他们对人文、历史的白痴与贫血。他们孜孜以求的是名是利，是权是势。他们很少有时间静下心来读点书，了解自己的文化，思考自身存在的价值和意义。希尼尔对新加坡华族人对自己的历史文化的贫血情状深恶痛绝，在小说《我等到鱼儿也死了》中，他对新加坡人竟然连中国的历史朝代都一无所知表示愤慨。"宋元明文物展"的入口处排起了长长的人龙，人们其实并不是冲着文物展而来，他们是冲着售票处正在代售"联通车资卡"而来的，有被老婆逼来排队的，有为表达对女友的爱情而来排队的，至于什么是"宋元明"，或者谁是"宋元明"，他们一概不知：

　　　　"是我的孩子叫我来的。"一位老者十分委屈地说道。果然不出我所料。

　　　　"是老婆大人硬要我来的。"一个秃头佬满脸睡意地回应。果然不幸被我言中。

　　　　"我是代女友来的。"一年轻人十分自然的表情，让人们感受到爱情的力量。

　　　　"我们是来买'宋元明'的。"

　　　　"什么是'宋元明'啊？"

　　　　"听说是一个地方。"

　　　　"好像是指某个朝代。"

186

"也许是一座很灵的庙。"

　　"可能是一个有钱人！"

　　……

　　"宋元明是什么人！怎么你也不懂？——哈，彼
此彼此，如果是周星驰、张学友这些我就认识咯！"

　　就是这样一群人，他们排成长长的人龙，朝着文物馆蠕
动。他们不是去看文物展，但他们对"宋元明"充满好奇和
疑虑。小说中的我"志不在钓鱼，只不过是在完成某一种孤
独的姿态"，到了结尾处，希尼尔不无揶揄地安排作者钓到
了"一尾鼓胀着肚皮，不怎么挣扎的鱼"，看那苍白臃肿的
肢体，"我"断定它是"一种支那科的 SINGA 鱼"。是绝对"土
生的"，但不幸的是，这条鱼感染了"纹化冷漠症"。

　　浮城人最让希尼尔不可饶恕的是他们对二战时期日本人
侵占新加坡的历史的白痴。浮城人可以猜度巴格达"位于美
国的哪一州？离加利福尼亚远不远？"也可以猜测巴格达可
能是一条河，想象"那条河比新加坡河长吗？河口有没有鱼
头狮供人拍照？"也可以不了解"中国又与中华民国有什么
不同？有时为什么又写成'中华人民共和国'"。甚至，他们
也可以不清楚那个"蛮怪的"地址——"新加坡人民共和国"，
但是，他们不可以不清楚日本人到底是侵占还是"进出"新
加坡，不可以听到"马关条约"而"联想到'马关'说不定

是一种很酷的百年内衣品牌，或可能是一种很好吃的日本鱼"。

希尼尔对浮城里的年轻一代的"哈日"心态深感不安。《我的来世不是梦》是一篇只有三百来字的微型小说，希尼尔却能在有限的篇幅里"尺幅兴波"，痛贬浮城年轻人几近乎"认贼为父"的无耻和对亚洲历史与文化（包括日本历史文化）的白痴：

> 多年以后，我们这十巴仙的年轻人，终于如愿以偿地当上了东洋人！
>
> ……至于选择做东洋人嘛，嘿！你有没有注意到我们周围都是Japanese products——路上的汽车，家里的电器，办公室里的电脑、电话，街边的餐馆、卡拉OK，哪一样不比他人强？日本高科技引导新潮流，年轻人都很cool，很in！——还有，也不用浪费时间去学那要命的Chinese！考不好还得考虑去移民！
>
> 什么？——shit！怎么你们都没有告诉我，日文里也借用了阴魂不散的——人们都说美丽的——汉字？

在其他的作品中，如《横田少佐》《新春抽奖》《认真面具》《退刀记》《异质伤口》《运气》等很多作品里，希尼尔都涉及了中日或新日的历史问题，他对日本人不肯认错、不肯改悔表示憎恶，但同时，也对年轻一代人罔顾历史，一味哈日的潮流倍感忧虑。

三、浮城的文学史意义

希尼尔是新加坡颇有才华的作家，在小说与诗歌中，作家以"浮城"代表了新加坡的现代文明发展的社会，来努力开拓和建设自己的艺术世界。综观希尼尔的所有创作，他都在力图建构自己文学版图中的"浮城"。在中国现代作家中，用自己的文学巨椽描画自己独特的文学"特区"的情形屡见不鲜，最典型的有鲁迅文学世界中的"鲁镇"，老舍小说中的"北京"，沈从文笔下的原初淳朴的"湘西"和张爱玲苍凉色调的"上海"等。在新马作家中，有意识地通过自己的文学想象来描画现代的新加坡及生活其间的新加坡人的，希尼尔也许当得上是第一人。他通过自己的诗歌和微型小说，着力建构了"浮城"这一新华文学中的地域坐标和文学地貌。他用自己的文学形式和文学观来表达和承载新加坡的本土生活和本土经验，但其"最终意义是面向全人类、全世界，而不仅仅是表现华人文化传统的困境，同时也表现全人类、全世界面临的文化危机"。从这个意义上看，希尼尔笔下的"浮城"体现的也正是人类现代化进程中遭遇的一个普遍意义上的困境。

　　新加坡诗人和学者王润华先生在论及希尼尔的作品时认为："希尼尔同时探索了两个自我，一个属于过去，一个属于现在，因此这部诗集，很有深度地反映了新加坡的土地的变迁，历史文化传统的考验，以及广大人民的内心世界。"王润华发现希尼尔约六十多篇小说之间，发展且形成一种新的秩序。那些长辈，舅公、舅舅、外公，似乎是一个家族的人，在那群青少年人中，小时候要听到鸭叫才能入眠的小孩，长大后似乎就是演荆轲刺秦王的青年人，出国后，到三十里外吃中国餐的旅行者好像也是同一人。综观希尼尔的所有创作，他都在力图建构自己文学版图中的"浮城"，他的这种企图在其小说创作中表现得尤为特出。王润华对希尼尔无不强调其作品所反映出的本土的语言、意象和文化上的色彩表示欣赏。希尼尔不但融合了中华传统与现代文学的精华，还形成了具有本土框架与全球性的后现代文学特质。因此具有"题材的繁复、新技巧的实践，内容的时代感"的特点，在创作主题、语言风格、创作技巧等都极具本土特色，体现出了新华作家强烈的文化使命感。希尼尔的新加坡本土视野中的自反性思考也非常值得注意，毕竟，他清楚地意识到经典化"浮城"与新华文学的"本土性"之间的关系。他用自己的文学形式和文学观来表达和承载本土生活和经验，在某种程度上，构建了新华文学的经典。

希尼尔无疑是新华文坛上特异而别致的存在。他的作品体现了不可模仿的"孤岛属性"，每一篇作品都在题材、视角、立意和情节上都力求突破，体现了他独特的写作风格，让后继者难以模仿，也无从效仿。这种独辟蹊径的实践，是新华文坛令人耳目一新的"亮点"。其值得关注的是他数十年来执着于"浮城"之建构，为这块土地的人文生态走与呼，为母族文化守夜，彰显出强烈反思自我的主体意识，甚至力图以小见大，将意义呈现指向了人类社会走向共同困境，其野心不可谓不大焉。希尼尔立足新加坡乡土，以热诚的心，用犀利的笔，不因新加坡城小而懈怠，也不以"浮城"的晦暗而悲观，勤勤恳恳，用自己近三十年的心血，见证了新加坡现代化进程中乡土记忆的日渐消失，记录了新加坡华语和华族文化的江河日下，也描画了"浮城"城民们的崇洋与自奴、琐屑与庸俗，以及对人文和历史的贫血与白痴。这是另一个场域的另一种"哀其不幸"与"怒其不争"。在人类活动日益全球化的今天，希尼尔的这种关注全球化人类困境的本土书写，无疑别具意义。也是从这个意义上看，希尼尔构建的文学"浮城"，不只是新加坡华文文学中的风景，在世界华文文坛上，"浮城"也是一处值得读者和论者驻足流连的名胜。